AF311697

BLUETTES

LITTÉRAIRES ET POÉTIQUES,

par Hector Tournilhon,

Officier au 67ᵉ régiment de ligne, Membre de la Société des Sciences, Arts et Belles-Lettres du département du Var.

——

DUNKERQUE.
Imprimerie de Drouillard.
1838.

BLUETTES

LITTÉRAIRES ET POÉTIQUES.

BLUETTES

LITTÉRAIRES ET POÉTIQUES,

par Hector Tournilhon,

Officier au 67ᵉ régiment de ligne, Membre de la Société des Sciences, Arts et Belles-Lettres du département du Var.

DUNKERQUE.
Imprimerie de Drouillard.
1838.

LA RÉSURRECTION D'AMBROISE.

Avant, oh ! bien avant la révolution qui, en 93, dépouilla le pape de sa puissance temporelle sur le comtat d'Avignon, cette riche et poétique contrée était régie par des lois particulières soumises à la direction d'un vice-légat. Quelques villes y suivaient même aveuglément certains usages que le cachet de l'antiquité avait rendus respectables aux yeux du peuple.

Dans un village dont je tairai le nom, depuis un temps immémorial, chaque fois qu'un ouvrier indigent et marié venait à trépasser, l'administration locale délivrait à la veuve une gratification de dix écus à titre de dédommagement et de consolation : mais, par une exception tout-à-fait épigrammatique, quand la mort frappait une malheureuse femme, on ne donnait pas un seul denier au mari, à qui on ne supposait pas probablement le besoin d'être consolé.

Or, le cordonnier Ambroise végétait à cette époque dans la plus gênante détresse : son travail ne pouvait lui suffire et dans l'espoir de faire toucher à sa moitié l'allocation dont je viens de parler, il résolut de feindre une mort subite. Le rôle d'Ambroisine se réduisait à verser d'abondantes larmes en apprenant la perte de son époux, et certes, ce n'était pas une chose bien difficile pour une femme. Quant à Ambroise, voici les moyens qu'il employa dans cette circonstance :

Vers la chute du jour, au moment où les cultivateurs revenaient au village, il porta ses pas sur la route la plus fréquentée. Sa figure était pâle et maigre, comme à l'ordinaire : ses yeux étaient caves et éteints par suite de sa misère et de ses veilles, et tout, dans son chétif individu, annonçait une santé chancelante. Tout-à-coup il feint de se trouver indisposé, s'assied sur un banc de pierre, puis tombe à terre en se tordant les bras et poussant quelques cris dont il diminuait insensiblement l'éclat. Plusieurs comtadins s'approchent alors : mais soudain il ferme les yeux, raidit ses membres par un mouvement convulsif qui ressemblait à une secousse galvanique, et, immobile, il retient sa respiration. La fraîcheur du soir avait glacé son corps étique, on le crut mort. Comme l'intérêt est le levier des actions humaines, comme Ambroise était pauvre et ne comptait pas d'amis, on s'occupa fort peu de lui, et l'on s'éloigna avec ce dégoût qu'inspire toujours un cadavre aux gens indifférents; qui sait, au surplus, si St. Crépin ne fut pour rien dans la réussite du projet de l'un de ses successeurs ?...

Le fossoyeur et un bedeau arrivèrent bientôt, jetèrent gaiement le corps du malheureux sur une civière qui appartenait à la commune et qu'ils couvrirent d'une serge noire sur laquelle était une large croix blanche; ils le transportèrent ensuite dans l'église paroissiale, d'où il ne devait sortir que pour entrer dans la fosse du cimetière.

Cependant le bruit de sa mort s'était répandu... La dolente Ambroisine donnait les marques les plus attendrissantes de son violent désespoir; elle repoussait toutes les consolations de ses voisines désolées, s'arrachait les cheveux, se meurtrissait le sein et toutes les fois qu'il y avait près d'elle des personnes pour l'en empêcher, elle voulait se précipiter par la fenêtre. Un tabellion survint qui lui dit: « Vos larmes sont inutiles, femme; elles ne rendront pas votre époux à la vie. Prenez votre mal en patience et acceptez ces trente francs que la ville vous donne pour adoucir votre triste position. — Gardez votre argent, répond-elle, je n'en veux pas... qu'en ferais je?... Il ne me reste qu'un désir, c'est celui de mourir, de suivre mon Ambroise dans la tombe... »

Et les nombreux témoins de cette vive douleur, de ce noble désintéressement étaient saisis d'admiration et de pitié.

Et une commère disait: Voyez ce que c'est! son homme la battait tous les jours, et pourtant elle l'aime plus que nous n'aimons les nôtres.

Et le tabellion, le savant du canton, s'écriait avec un ton doctoral: « Le roi Mausole ne laissa point d'aussi touchants regrets: Ambroisine est l'Arthémise des savetiers, etc., etc... »

Elle accepta pourtant à la fin, à force de prières et de supplications, l'allocation qui lui était offerte.

Pendant que cette tragi-comédie attirait l'attention de la foule, un autre cordonnier, nommé Simon, se préparait à profiter de la circonstance. Sachant qu'Ambroise, contrairement à un proverbe bien connu, était chaussé d'une paire de bottes quasi-neuves, qu'il eût été dommage de laisser en pâture aux vers du cimetière, il rêvait aux moyens à prendre pour s'en emparer sans risques. Après de mûres réflexions et avec le consentement de la dame Simonne, il alla se tapir dans un confessionnal pour attendre que la gente dévote eût évacué le saint lieu et ne le gênât point dans l'accomplissement de son projet nocturne.

Quelques minutes après le bedeau éteignit les saintes bou

gíes, laissant près du trépassé une lampe qui ne jetait à l'entour qu'une lueur pâle et vacillante, et puis se retira en emportant les clés des portes qu'il avait fermées.

Alors Ambroise songea à prendre une position moins incommode, il voulait se mettre hors de la bière pour attendre le jour un peu plus à son aise; mais comme il commençait à se mettre en mouvement, il entendit le bruit des pas de Simon qui s'acheminait en tremblant vers lui et il se replaça, par pure précaution, comme il était auparavant.

Simon n'avait pas une dose assez considérable de courage pour braver sans peur l'isolement dans lequel il se trouvait avec un mort. Peut-être entendait-il déjà la voix de ce remords qui souvent précède le crime. Quoiqu'il en soit, il avançait d'un pas mal assuré, et en appelant à son aide tous les saints du paradis: mais quand il fut parvenu jusqu'auprès du funèbre brancard, quand il eut soulevé le drap mortuaire, il vit... ah! comme cette vue lui rendit promptement toute son énergie!... il vit ces bottes tant désirées, remarqua avec une satisfaction indicible qu'il ne leur manquait pas un seul clou, et se mit incontinent à l'œuvre pour s'en emparer.

La chaussure du pied droit était déjà presqu'en dehors du coude-pied, quand une secousse du prétendu mort replaça la jambe et la botte au point où elles étaient; d'abord et, par un mouvement inverse, Simon roula sur les dalles du temple, tremblant comme un acteur à son début, comme un ministre dont on contrôle impitoyablement le budget, comme un poète aux premiers coups de sifflet qui frappent sa composition dramatique ou comme le pâtre des Alpes qui voit une avalanche près de l'engloutir.

Après une longue hésitation, il se redresse et dit: « Au nom
» du Père, du Fils et du Saint Esprit, ainsi soit-il!... *Re-*
» *quiescat in pace.* Ce pauvre Ambroise! nous n'irons plus en-
» semble à la guinguette...bonne Sainte-Vierge! donnez-
» moi donc le courage de lui ôter ses bottes. » Et enhardi par
cette oraison d'un nouveau genre, il recommence à vouloir
opérer son larcin sacrilège; mais, comme la première fois, il
advint un rapide retirement du pied d'Ambroise et une brusque chute du corps de Simon. Voyez-vous ensuite ce dernier
étayant son corps sur sa main gauche et se frappant rudement
le front avec la droite, s'écrier avec l'accent d'un effroi de
plus en plus croissant: « Ah! que nous sommes faibles, nous
» autres hommes! Ambroise de son vivant ne m'inspirait pas
» de frayeur, et j'étais assez fort pour me faire craindre de
» lui, et maintenant qu'il est mort, qu'il ne peut plus remuer
» seulement un bras, je suis saisi devant lui d'une insurmou-

» table terreur. Que nous sommes faibles!... Ah! bonne
» Sainte-Vierge, je vous en prie, donnez-moi le courage de
» lui ôter ses bottes... *De profundis clamavi ad te, domine...*
» etc.. etc. » Il n'avait pas terminé ce funèbre psaume qu'un
bruit de fer et une secousse à la porte de l'église le firent de
nouveau tressaillir et leste! il courut s'enfoncer une seconde
fois dans le confessionnal: de là il aperçut avec une morne
terreur une vingtaine de voleurs qui, armés de pied en cap,
venaient débarrasser le Dieu des chrétiens, de l'or et des bijoux dont il peut bien se passer, lui qui les fait. Le voisinage
d'un mort ne les effraya pas, qu'avaient-ils à craindre d'un
semblable témoin? aussi, en quelques minutes, tout ce qu'il y
avait de précieux dans la maison sacrée se trouva entre les
mains de ces devanciers de Cartouche, qui, assis sur les mar-
ches de l'autel, se partagèrent immédiatement leur butin. Une
répartition égale avait été faite, mais les lots donnés et reçus, il restait encore un ciboire en argent dont on ne pouvait faire vingt fractions et que le chef de la troupe se serait
approprié, si l'un de ses subordonnés ne s'y fût énergiquement
opposé. La scène tragique du vase de Soissons se serait renou-
velée alors si, moins despote que Clovis, le commandant de
la bande ne s'était dépouillé de ses prétentions. Il ne se désista
néanmoins qu'à une condition; il fallait pour obtenir l'objet
en litige enlever le nez du mort d'un seul coup de sabre et
sans toucher à la lèvre supérieure. Dix se proposèrent aussitôt et Ambroise, qui sentait une sueur froide filtrer à travers
ses pores. Ambroise les entendit se rapprocher de lui, se vit
déchargé du poids du drap mortuaire et frissonna au toucher
de la main qui voulait le mettre debout... Soudain... (le désespoir souvent nous inspire du courage et nous rend nos esprits) soudain il se relève de lui-même et d'une voix de sten-
tor il s'écrie : Que tous les morts du cimetière viennent à mon
secours!... Combien t'en faut-il?... ajouta Simon du fond de
son confessionnal.

Peignez-vous, si vous le pouvez, la frayeur de tous : repré-
sentez-vous les brigands prenant la fuite à la résurrection du
mort, Simon courant avec plus de précipitation encore en
voyant s'esquiver Ambroise, qui s'imaginait que la réponse à
son appel venait du cimetière même. Tous enfin semblent
avoir trouvé des ailes, tellement ils s'éloignent vite pour
échapper à une peur qui court encore avec eux... s'ils ne se
sont pas arrêtés.

ANTONIA.

NOUVELLE.

I.

Dans l'ancienne province de Tolède, au-dessous du confluent du Tage et de l'Alberche, s'élève Talavera de la Reina, bourg moins célèbre par les antiquités qu'il s'enorgueillit de posséder que par la mémorable victoire que le maréchal Soult y remporta, en 1809, sur les Anglo-Portugais commandés par sir Arthur Wellesley.

Dans cette petite ville, vivait triste et souffrant un grand d'Espagne qui, dans un âge très-avancé, avait eu le tort d'unir sa destinée à celle d'une jeune femme dont les goûts et le caractère ne sympathisaient point avec les siens. Aussi le comte Alcazar y Trujilo ne tarda pas de s'apercevoir que la belle Georgina n'avait et ne pouvait avoir pour lui qu'une froide et insuffisante amitié. Cette certitude jeta sur ses traits une empreinte de mélancolie que rien ne pouvait effacer. Les angoisses de la jalousie torturaient continuellement l'âme ardente qui animait son corps usé. Ses jours s'écoulaient dans la tristesse ou l'ennui, ses nuits dans le trouble et l'insomnie. Néanmoins la naissance d'une fille, à qui ils donnèrent le beau nom d'Antonia, semblait avoir fait revenir parmi les deux époux et la confiance et la félicité. Mais ce ne fut pas, hélas ! pour long-temps.

Georgina n'avait rien perdu de ses grâces et de sa fraîcheur dans les longues douleurs de la maternité, et dix ans après, le 28 juillet 1809, quand les Français s'établirent à Talavera, elle était plus belle, plus adorable que jamais. Un jeune officier de hussards sut alors toucher son cœur, et elle eut la coupable faiblesse de chercher auprès de lui des plaisirs que son vieux mari ne pouvait plus lui faire connaître. Malheureusement le comte Alcazar eut des preuves irréfragables des déportements de Georgina. Résolu à ne plus vivre avec elle, doutant même de la légitimité de l'innocente Antonia, il les fit partir l'une et l'autre pour la France en leur accordant une modique pension de deux mille livres.

Dona Georgina vint avec sa fille s'établir à Paris. Les commencements de cette espèce d'exil ne changèrent en rien les habitudes de l'épouse délaissée ; elle n'eut pas la force de s'imposer des privations devenues nécessaires : ses dépenses excédaient toujours ses revenus, et quelques années après, pour satisfaire à des engagements sacrés, elle fut obligée d'aliéner une grande partie de sa pension, qui devint ainsi trop minime pour suffire à ses besoins. Le comte Alcazar y Trujilo était sourd à toutes ses prières, ne répondait aucunement à ses lettres, et les entrailles du père n'étaient pas plus émues que le cœur de l'époux.

Un honnête homme qui connût la position déplorable de la noble Castillane, lui conseilla alors de venir habiter la Provence, où non-seulement, lui disait-il, elle respirerait un air salubre dont elle avait besoin pour rétablir sa santé, mais encore où elle pourrait vivre avec son enfant d'une façon plus convenable et plus économique. Cet avis fut goûté. La mère et la fille quittèrent la capitale de la France et Hyères fut le nouveau séjour qu'elles choisirent.

Antonia était alors parvenue à sa quinzième année : tout en elle était d'une beauté ravissante. Son teint pâle et bruni était éclairé par deux grands yeux noirs pleins de feu et de volupté; le jais du mont Lozère était moins luisant que les tresses de ses longs cheveux; la harpe ne rendait pas de sons aussi doux que ceux que sa voix suave faisait entendre; les grâces semblaient présider à tous ses mouvements et le bon goût à sa modeste toilette. Il n'est pas un homme dans Hyères qui ne se souvienne encore avec plaisir et des pieds mignons et de la blanche main de cette étrangère qui, plus belle que les plus belles Provençales, attirait tous les cœurs par son éclat et ses charmes, et se les attachait par sa douceur et sa modestie. L'intérêt qu'elle inspirait, les désirs qu'elle faisait naître prenaient une plus grande énergie encore lorsqu'on connaissait sa tendresse filiale, ses malheurs si peu mérités et son angélique résignation. Un respect involontaire, tribut que nous payons tous à la vertu malheureuse, l'entourait partout où elle se présentait.

Pourtant son cœur, où refluait toute la chaleur d'un sang espagnol, ne s'était point encore ouvert aux douces impressions de l'amour qu'elle était faite pour sentir et pour donner; elle ne cherchait le bonheur que dans les bras de sa mère. Triste de sa souffrance, gaie de sa joie, jusqu'à présent elle n'est satisfaite que lorsqu'elle a dignement rempli les pénibles obligations que lui impose l'état désespéré de l'infortunée Georgina, pauvre femme que les douleurs physiques et les peines morales calcinent de jour en jour. Hélas! l'une et l'autre ne sont point encore descendues au dernier degré de l'indigence et de l'abaissement; mais le moment n'est pas

éloigné où elles auront bu jusqu'à la lie la coupe amère de
l'affliction. Déjà ne pouvant plus lui payer son salaire, elles
ont renvoyé l'unique servante qui se chargeait près d'elles des
soins fatigants du ménage; les visites du médecin sont coû-
teuses, le prix des médicaments est écrasant, et la comtesse
Alcazar est toujours souffrante, et la triste Antonia épuise
souvent ses forces par des travaux domestiques dont parfois
elle ne peut venir à bout, par des veilles qui l'affaiblissent,
par des courses qui la fatiguent, et par des larmes qui, loin
de la diminuer, augmentent au contraire la somme de ses
maux. Oh ! qui viendra en aide à cette intéressante vierge ?
Une main lui sera-t-elle tendue pour la sortir de ce gouffre
d'infortunes, de cet abîme de douleurs? Il y a des riches à
Hyères : mais là, comme partout, ils sont égoïstes et fiers;
là, comme partout, le cercle de jouissances qui les entoure
empêche d'arriver jusqu'à eux et les plaintes de la pauvreté
et les larmes de la désolation.

II.

Dans la maison contiguë à celle où souffraient les nobles
Espagnoles, vivait au milieu de sa famille le fils d'un jardinier estimé, mais pauvre. Stanislas Josselin était dans l'âge
heureux où le frôlement d'une robe vous fait tressaillir, où
l'on donnerait sa vie pour obtenir le sourire d'une femme,
où enfin on aime avec toutes les illusions de la jeunesse et
toute l'ardeur de l'âge mûr. Au dessus de la condition médio-
cre où le hasard de la naissance l'avait placé, ses qualités per-
sonelles, ses dispositions à s'instruire avaient été cultivées et
développées avec soin par un vieux prêtre qui était son oncle,
et qui, en lui faisant goûter les charmes de l'étude, lui avait
appris aussi que la dignité de l'homme ne consiste pas dans
les vains titres et les richesses, que les méchants possèdent
plus souvent que les honnêtes gens ; mais dans les vertus pri-
vées dont chacun peut être orné, quel que soit le rang où l'a
jeté le sort. Son travail journalier subvenait à tous les besoins
de ses parents, qu'il chérissait par-dessus tout et dont il recevait en échange un attachement vrai qu'il méritait si bien.

Stanislas n'avait pu voir Antonia sans éprouver pour elle un
sentiment qu'il prenait d'abord pour de la commisération et
qui pourtant avait acquis un tel degré de tendresse et d'intérêt
que la nuit et le jour il ne pensait qu'à elle. Tous les moments
qu'il pouvait dérober à ses occupations habituelles, étaient
employés pour elle. Antonia, seule pour secourir sa mère affli-

tée, trouva dans ce jeune homme un auxiliaire aussi empressé qu'actif. C'était lui qui se chargeait de tout ce qu'il y avait de pénible et de fatigant, qui puisait de l'eau, fendait du bois et transportait tous les fardeaux qui auraient été trop lourds pour la charmante et délicate fille. Les bouquets les plus odorants qui paraissaient sur la place Massillon, les plus belles oranges du jardin Filbe, c'était lui qui les apportait et qui toujours était content de les faire accepter.

Ces petits soins, cette assiduité utile, cette continuelle abnégation de Stanislas, exerçaient une influence puissante sur l'âme sensible d'Antonia. Elle croyait n'être que reconnaissante, et déjà une passion délirante fermentait dans son sein, et déjà elle éprouvait un malaise inconnu quand il était absent, et une joie ineffable quand il accourait près d'elle. Enfin, ils s'aimèrent et se le dirent ; l'amour se soucie fort peu des distances sociales, et d'ailleurs, elles étaient comblées pour eux par les infortunes de l'une et par les services de l'autre.

Un horizon moins sombre commençait à rendre quelque espérance à Antonia. Le sentiment du bonheur est plus vif et plus doux quand il succède tout d'un coup à une longue série de pénibles sensations ; aussi se livra-t elle avec abandon, avec expansion à celui qui semblait lui sourire. Celle dont elle avait reçu le jour eut un retour éphémère et trompeur vers la santé ; son ami l'idolâtrait ; chaque jour les liens qui les unissaient devenaient plus chers et plus sacrés. Pourquoi faut-il, qu'obligé de raconter fidèlement cette véridique histoire, je ne puisse me reposer ici, et que j'aille retracer encore et de nouveaux désappointements et de plus grandes infortunes?...

III.

La comtesse Alcazar y Trujilo, sous les haillons de la misère, conservait toute la morgue nobiliaire, tout l'orgueil que donnent les préjugés d'un grand nom. Descendante d'un des premiers chevaliers de l'ordre antique de Calatrava, elle comptait parmi ses aïeux les plus éclatantes célébrités de l'Espagne, et le mari à qui elle s'était unie faisait remonter les siens aux temps héroïques de Pélage. Il était donc indubitable que la mésalliance de sa fille avec un jardinier obscur n'obtiendrait jamais son consentement.

Cette pensée, toutes les fois qu'elle se reproduisait en elle, troublait étrangement le cœur d'Antonia.

L'amour heureux et satisfait peut aisément s'envelopper des ombres du mystère ; mais la prudence et la circonspection

marchent rarement de compagnie avec une tendresse naissante
que les désirs dévorent et qui toujours est avide de démons-
trations et de caresses. Nos deux jeunes amants doivent donner
une nouvelle preuve de la vérité de cette assertion.

C'était durant une de ces délicieuses soirées dont on ne peut
jouir que sur la terre privilégiée de la Provence ; la fraîcheur
de la nuit qui commençait, tempérait la chaleur du jour qui
venait de finir ; le doux éclat de la lune ne s'étendait point
encore sur un ciel d'azur, où le soleil, en quittant notre hémisphère, jetait, comme un dernier adieu, le pâle reflet de
ses rayons mourants ; une brise légère balançait les branches
chargées de fruits des orangers et des citroniers, et l'atmosphère qu'elle parcourait était soudain embaumée des parfums
les plus suaves. Dans un petit et grâcieux jardin qui se trouvait
au-dessous des appartements de sa mère, Antonia était assise
près, oh ! bien près de Stanislas. Jamais il ne s'était montré
aussi tendre, jamais elle n'avait été aussi expansive. Une au-
réole de félicité semblait rayonner autour de leurs belles fi-
gures ; et leurs regards brillaient d'un feu tout à-la-fois vif et
tendre, triste et voluptueux. Comme l'accent méridional du
jeune homme colorait les expressions qui faisaient vibrer toutes les fibres du cœur de son amie ! Il parlait d'une espérance
qu'ils ne pouvaient nourrir et à laquelle ils croyaient pourtant.
Il disait avec l'intention de la consoler, elle écoutait avec l'envie d'être persuadée. Toutes les paroles qu'ils échangeaient,
prononcées avec une affectueuse douceur, étaient recueillies
avec une amoureuse avidité.

« Non, mon amie, non, lui disait-il, nous ne sommes pas
destinés à être cruellement séparés. Nés dans des pays si éloignés l'un de l'autre, ce n'est point un caprice du hasard qui
nous a si heureusement rapprochés, ce n'est pas non plus un
caprice du hasard qui vous a fait descendre sur les degrés de
l'échelle sociale jusqu'au point où nous devions nous rencontrer. Il y a quelque chose de consolant dans l'enchaînement
des circonstances qui nous ont réunis, dans la combinaison
des faits qui nous ont attachés tous les deux, et je ne puis
penser que le Ciel se soit fait un jeu barbare de vous amener
de si loin près de moi, pour vous en éloigner ensuite à
jamais. »

Elle lui répondait : « Condamnée au malheur depuis mon
berceau, j'ai vu s'écouler mes années dans la douleur, et je
n'ose concevoir, hélas ! un espoir de félicité. Celui dont vous
bercez ma tendresse inquiète, me fait frémir quand je veux en
entrevoir la réalisation ; car, mon ami, un bonheur qui ne
peut s'acquérir qu'après la mort des auteurs de mes jours,

quelque grand, quelque désiré qu'il soit, est trop chèrement acheté quand il l'est par de semblables pertes. Ce rang dont vous dites que je suis descendue et auquel je ne voudrais jamais remonter, ne m'a laissé ni chagrins, ni régrets. Je ne l'envie pas. Je ne sens d'autre orgueil que celui que m'inspire votre amour si noble et si pur, et je n'ambitionne pas d'autre gloire que celle de vous aimer et d'être aimée de vous. »

Et tandis que sa douce voix murmurait ces douces pensées à l'oreille du jeune adolescent, tandis qu'une de ses petites mains se glissait dans les boucles soyeuses des cheveux noirs de Stanislas, une femme pâle, haletante, contenant avec peine sa respiration et sa colère, s'était lentement approchée, et, debout derrière eux, avait entendu, en tremblant d'indignation, les derniers mots proférés dans cet entretien. Alors cessant tout-à coup de se maîtriser, de commander aux sentiments qui gonflaient violemment sa poitrine oppressée, elle se montre, elle s'écrie... Antonia tombe sans mouvement et sans vie sur le gazon, Stanislas qui veut la secourir, est brusquement, impoliment repoussé par la mère irritée, et il s'éloigne dévorant avec une résignation amère les douloureuses sensations que cette apparition inattendue a fait surgir en son âme.

IV.

La comtesse refusa depuis lors l'entrée de sa maison à l'amant désespéré de sa fille. Mais les moyens violents atteignent rarement le but qu'on se propose et les obstacles qu'avait à surmonter désormais la passion de Stanislas et d'Antonia ne firent qu'accroître leur affection et lui donner une force nouvelle. Ils se voyaient moins souvent; mais ils se voyaient, et chaque jour leur faisait sentir davantage la puissance irrésistible des sentiments qui les entraînaient l'un vers l'autre. Quelques lettres brûlantes furent écrites, lues et relues; quelques soupirs expressifs furent échangés en passant, quelques regards aussi pénétrants que tendres se croisèrent dans l'air et portèrent le délire et la joie dans deux cœurs qui savaient si bien se comprendre. Insensiblement on en vint à demander et à obtenir des moments d'entretien qui, s'ils n'étaient pas de longue durée, n'en étaient pas moins pleins de vivacité, de transports et de charmes. Les personnes dont les amours faciles n'ont jamais été troublés par des contrariétés et des peines, ne connaissent qu'une faible partie du bonheur: les caresses sont plus énivrantes, les baisers sont plus doux, les serrements de mains sont plus voluptueux et plus délirants quand ils empruntent leurs prestiges à des chagrins récents, à des pleurs amers, à des difficultés toujours incessantes. Celui qui n'a pas été malheureux ne peut pas apprécier tous les avantages de la félicité. Vu à travers le prisme des larmes, le sourire est plus divin, plus beau, plus gracieux.

Tandis que nos amants se livraient inconsidérément aux douceurs mélancoliques d'un amour persécuté, de sombres nuages s'amoncelaient de rechef sur leurs têtes. La maladie de Georgina avait, pendant quelques mois, semblé perdre un peu de son intensité, de sa gravité, puis elle se montra plus effrayante qu'auparavant. Des douleurs aiguës la déchiraient nuit et jour, et son corps tombé dans un marasme affreux était trop affaibli pour pouvoir résister long-temps à ces secousses violentes, à ces veilles continuelles. Elle sentait approcher son heure suprême et l'image de sa fille qu'elle allait laisser isolée, pauvre et sans appui loin du pays où elle était née, imprimait une couleur sombre sur ses derniers instants. Alors elle se dépouilla de cette fierté castillane qui l'avait jusqu'ici empêchée de s'humilier devant le mari qu'elle avait offensé, et elle se décida à lui écrire une lettre où elle cherchait moins à s'excuser de ses fautes qu'à réveiller la tendresse paternelle du comte en faveur d'Antonia, qui n'avait plus d'espoir qu'en lui en la perdant et à qui il n'était pas équitable de faire subir le châtiment mérité par les erreurs de sa mère.

Stanislas était rentré en grâce, il veillait la malade alternativement avec Antonia, et les bons offices qu'il ne cessait de rendre et auxquels nul autre que lui n'aurait pu se plier, achevèrent de le faire devenir plus cher. Il est un moment solennel où les inégalités conventionnelles de ce bas monde sont nivelées aux yeux de ceux mêmes qui en étaient le plus fiers; où près de paraître devant un Dieu pour qui tous les hommes sont égaux, on commence à comprendre l'inanité de ces frivoles distinctions, qui sont plutôt les résultats du hasard que les conséquences de la vertu. Ce moment solennel était arrivé pour Georgina, et sa main défaillante se leva pour bénir Stanislas et Antonia pleurant à genoux aux pieds de sa couche funèbre, et sa voix mourante murmura le regret de ne pas les voir unis et heureux.

Le lendemain, le glas des funérailles tintait pour elle et un jeune homme, seul avec l'officiant, accompagnait jusqu'au champ du repos la dépouille mortelle de cette grande dame qui, tombée de chute en chute du faîte des honneurs et de l'opulence, était venue s'éteindre sans bruit, sans luxe et sans éclat dans un pays qui n'était pas le sien et où elle avait inspiré plus de pitié que d'envie....

Je ne chercherai point à peindre l'affliction de l'inconsolable Antonia. Ceux qui ont eu l'irréparable malheur de pleurer une mère en comprendront toute l'amertume, toute la profondeur. Notre orpheline avait encore d'autres calamités à déplorer : le prix de ses bijoux fut entièrement absorbé par le paiement des frais de l'enterrement et des mémoires pharmaceutiques; elle ne possédait plus rien en France, et son cœur était brisé par le désespoir.

Stanislas vint de nouveau à son secours. Il avait peu de chose; mais tout ce qu'il avait fut mis à la disposition de son amie. Il finit même, à force d'instances, par décider sa famille à lui offrir un asile en attendant des jours meilleurs, et à chaque instant il acquérait des droits imprescriptibles à la possession d'une femme sensible qui ne pouvait oublier ni ses bienfaits, ni son amour.

Cette dernière planche de salut devait encore se perdre au milieu de l'océan d'infortunes où flottait la triste Antonia : le filet de la conscription enveloppa son ami, qui venait d'atteindre sa vingtième année. Le n° 8, qu'il sortit de l'urne fatale, ne lui laissait aucun espoir de rester auprès d'elle, et n'étant pas assez riche pour acheter un remplaçant, il tremblait de recevoir d'un instant à l'autre l'ordre abhorré de partir pour la légion qui lui avait été désignée. O malheureux amants!.... le sort se lassera-t-il enfin de les accabler de ses coups, et me sera-t-il donné bientôt de décrire de moins déplorables accidents? Je le désire, et pourtant je n'ose le promettre à mes lecteurs.

V.

Cependant le comte Alcazar y Trujilo avait reçu, dans son castel à Talavera, la lettre que Georgina lui avait adressée de son lit de mort. Son âme en avait été profondément attendrie et, pour la première fois depuis le jour où il avait acquis la certitude de l'inconduite de son épouse, il entendit parler en lui la voix toujours puissante de la nature. Il comprit qu'il était père, il sentit qu'il ne pouvait abandonner Antonia, et désira que la présence de l'orpheline vînt embellir ses vieux jours. Un serviteur honnête et fidèle, Pédro, qui depuis de longues années était attaché à sa maison, partit pour Hyères bientôt après, avec la mission de ramener dans les bras de son père une fille qui n'avait pas mérité d'en être séparée.

Stanislas avait reçu l'injonction de se rendre à Avignon pour y être incorporé dans la légion du Var, alors en garnison dans cette ville. Quoique préparé depuis long-temps à ce départ odieux, il en fut aussi péniblement affecté que s'il en avait été frappé comme d'un coup de foudre inattendu. Sa famille entière était en proie à un violent désespoir, mais personne n'éprouvait une peine aussi poignante que la jeune et belle Espagnole. Des soupirs entrecoupés de sanglots déchirants s'échappaient avec peine de son sein qu'oppressaient mille sombres pensées.

Durant la nuit qui succéda au jour marqué par cette nouvelle affliction, on vit, dans le cimetière de la ville, un homme et une jeune fille agenouillés sur une tombe récemment fermée. Ils priaient avec un recueillement qui n'avait rien d'apprêté. Leurs larmes tombaient sur la terre, leurs vœux montaient vers le Ciel où les écoutait peut-être celle dont ils invoquaient les manes.

« O ma mère ! s'écriait Antonia, protège dans l'autre monde un amour que tu ne désapprouvais pas au moment de quitter celui-ci. Dans ce paradis dont ton repentir et les vertus ont dû t'ouvrir les portes, demande à ce Dieu juste et bon que nous invoquons avec confiance, demande-lui pour Stanislas la récompense que ses soins désintéressés et ses nombreux sacrifices ont méritée ; pour ta fille, la fin de ses longues souffrances et la satisfaction de rendre heureux un homme qui a fait tant de choses et pour elle et pour toi. Ne nous laisse pas plus long-temps gémir et pleurer, et que nous puissions bientôt revenir ensemble en ces mêmes lieux, pour y faire entendre les expressions de notre reconnaissance et le regret de ne pas te voir augmenter par ta présence la félicité dont nous jouirons l'un et l'autre, ô ma mère ! »

Un long silence succéda à ces paroles. Puis l'un et l'autre renouvelèrent d'une voix triste et grave le serment de s'aimer *toujours et partout*. Qu'elle était grande et belle cette scène dont deux vertueux amants étaient les acteurs, dont un cimetière était le théâtre ! comme elle intéressait le cœur cette simple et chaste prière, épanchement d'une âme pure ! comme il acquérait de l'importance et de la solennité ce serment qui était juré sur la fosse modeste d'une mère, dans l'enceinte où se sont englouties tant de générations et devant cette croix révérée qui, en tous lieux, mais là plus qu'ailleurs, exerce sur les esprits religieux une divine et consolante influence !!!

Lorsque d'un pas lent ils s'éloignèrent de cette terre de

deuil, ils étaient plus calmes et leur misère semblait y avoir puisé un allégement inespéré. Leur tristesse était moins pénible et un courage dont ils ne se croyaient pas capables s'était réveillé en eux. Le sommeil, qui fuyait leurs paupières depuis si long-temps, leur apporta le baume de l'oubli du présent et les rêves riants d'un avenir tel qu'ils le désiraient.

Le lendemain, un étranger se présenta chez le vieux père Josselin, occupé des préparatifs du départ de son fils, et demanda à s'entretenir avec mademoiselle Alcazar y Trujilo. Antonia accourut. Elle apprit avec une joie inexprimable que son père lui rouvrait ses bras, et avec une douleur vraie qu'il était retenu à Talavera de la Reina par une maladie chronique qui était dangereuse à son âge, et qui ne lui permettait pas de venir lui-même l'embrasser.

Sa détermination fut prompte : elle partit dès le même jour, laissant à la famille Josselin une somme considérable ; et ce qui valait mieux pour elle que tous les trésors du monde, la promesse formelle de revenir le plus tôt possible briser les liens qui attachaient Stanislas à l'armée. Elle voulut accompagner elle-même son ami jusqu'à Avignon, et après lui avoir donné toutes les espérances, toutes les consolations dont son âme avait soif, elle prit la route d'Espagne avec le fidèle Pédro qui était chargé de la protéger et de la servir.

Quand Antonia arriva dans le château qui l'avait vue naître, son père venait de rendre le dernier soupir en l'instituant sa légataire universelle. Elle n'avait pu recevoir ses embrassements, une autre qu'elle avait fermé ses yeux. Sa douleur fut vive et profonde, et son âme habituée à souffrir trouva pour cette nouvelle perte de nouveaux sentiments de tristesse et de découragement. Sa santé en fut gravement altérée, au point que l'on désespéra un instant du salut de ses jours. Quelques mois après pourtant elle était en pleine convalescence, et les roses de son teint commençaient à refleurir.

Rien ne l'attachait plus à l'Espagne où elle avait si peu vécu et où venait de succomber le seul homme qui pouvait la lui faire aimer. Elle dédaignait les hommages intéressés d'un grand nombre d'adorateurs que sa beauté et ses richesses lui attiraient, et quand elle comparait l'amour si tendre de ce Stanislas qui l'avait aimée pauvre et souffrante à celui de ces grandesses qui n'adoraient en elle que la riche héritière, elle se pénétrait davantage du besoin de le revoir et de le récompenser. Il est si doux d'enrichir ce qu'on aime !

Deux ans s'étaient à peine écoulés depuis son départ d'Hyères, que déjà elle avait réalisé toute sa fortune en Espagne, et qu'après avoir amplement rémunéré tous les serviteurs de son père, elle accourut la jeter, en France aux pieds de son ami, moins émerveillé de l'éclat de cette éblouissante opulence que du bonheur tant désiré de devenir enfin l'époux de celle qui seule avait fait battre son cœur.

L'opération du remplacement de Stanislas fut bientôt terminée. Libre et content, il revint dans le sein de sa famille, alla prier le même soir avec Antonia sur la tombe de la comtesse, et quelques jours après, en présence du prêtre, et au milieu d'une foule attendrie et charmée, il mettait l'anneau nuptial au doigt rosé d'Antonia.

JEANNE D'ARC A ORLÉANS.

DITHYRÁMBE.

I.

Héroïne de Vaucouleurs,
Dans ton cercueil permets-moi de descéndre;
Sur tes exploits, sur tes malheurs
Laisse ma muse interroger ta cendre;
Ma muse a, pour tes maux, des larmes à répandre,
Elle a, pour tes succès, des lauriers et des fleurs.

Des femmes dont l'histoire a consacré l'audace
L'éclat est pour jamais par ta vie effacé,
Et les vastes champs du passé,
De tes pas conservent la trace.
Melpomène et Clio, réunissant leurs voix,
Ont chanté tour-à-tour et décrit tes exploits;
Quatre siècles n'ont pu détruire ta mémoire;
Ton renom d'âge en âge électrise nos preux,
Et, tant que les flots de la Loire
Réfléchiront l'azur des cieux,
Nul ne pourra jamais écouter ton histoire
Sans qu'une noble ardeur ne brille dans ses yeux,
Et que dans son cœur généreux
Ne fermente un levain de gloire :
Ainsi, quand un coursier fougueux
Entend retentir dans la plaine
Du clairon les sons belliqueux,
Il ronge le frein qui l'enchaîne.
Pour s'élancer au loin fait d'impuissants efforts,
Par des hennissements exprime ses transports
Et, sur son cou nerveux secouant sa crinière,
D'un pied impatient frappe et creuse la terre.
Je ne suis qu'un soldat, et dans les champs de Mars
A peine ai-je parfois affronté les hasards.
Si mon pays encore a besoin de mes armes,
Daigne, vierge guerrière, aider mon faible bras :
Que je sois gai dans les alarmes,

Intrépide dans les combats !
La porte de Janus pour la France est fermée :
En attendant le jour qui doit la voir s'ouvrir,
De ta brillante renommée
Je me plais à m'entretenir,
Je te suis pas à pas dans ta belle carrière,
Et mon âme, de tes hauts faits
Ainsi que du nom de Français,
A chaque instant devient plus fière.

II.

Isabelle reçut le jour dans un palais :
Elle fut, jeune encor, de grandeurs entourée ;
Mais son cœur ne connut jamais
De la douce vertu la puissance sacrée.
Epouse sans pudeur, et reine sans talent,
Elle osa se montrer mère dénaturée
Et vendit à l'Anglais le trône chancelant
Que gardait à son fils la France déchirée...
Femme !... puissent mes vers à ton nom criminel
Attacher désormais un opprobre éternel !!!...
Nourri de meurtre et de vengeance,
Le léopard, de sang et de pleurs s'abreuva.
Le Ciel prit en pitié notre longue souffrance,
Jusqu'au trône de Dieu notre encens s'éleva :
Une reine perdit la France,
Une bergère la sauva,
Vierge de Domrémy ! n'attends pas que ma muse
Dans les secrets divins ose ici pénétrer :
Ou l'éclat de ton nom m'éblouit et m'abuse,
Ou le Ciel a dû t'inspirer.
Et que m'importe, moi, qu'un philosophe crie
Contre les préjugés de nos simples aïeux !...
Qui d'un joug étranger délivre sa patrie
Suit les ordres des dieux.
Oui, tu fus inspirée, oui, tu fis des prodiges :
L'amour de ton pays fut ton inspirateur ;
Tes attraits furent tes prestiges,
Et ta magie enfin n'était que ta valeur.

Laisse-moi retracer et ton premier fait d'armes
Et du farouche Anglais la honte et la terreur.

Quoique faibles , mes vers ne seront pas sans charmes,
S'ils peuvent exprimer tout ce que sent mon cœur..

III.

Depuis la trahison de l'infâme Isabelle ,
Les lys étaient foulés aux pieds du léopard
Et Lancastre régnait sur la France rebelle.
Du royaume envahi seul et dernier rempart ,
Orléans à ses rois était encor fidèle.
Orléans supportait , dans sa constante ardeur,
D'un siège prolongé la pénible rigueur ;
Mais la faim , au teint blême , errait dans son enceinte,
Mais la faux de la mort frappait ses défenseurs ;
Le découragement laissait glisser la crainte
    Dans les plus intrépides cœurs.
     Apparais , céleste amazone !
     Que ton étendard glorieux
Soit pour nos ennemis la tête de Gorgonne,
     Qu'il vienne, fascinant leurs yeux,
Les glacer d'un effroi dont la raison s'étonne !
Braves Orléanais , sur un blanc palefroi,
L'héroïne française entre dans vos murailles.
A ses côtés, Lahire, et Dunois, et Saintrailles,
Ces héros dont le cœur est si cher au bon roi
Et dont les bras toujours féconds en funérailles,
Ecrasent les guerriers et gagnent les batailles.
Leur vue a , parmi vous, fait renaître l'espoir,
L'attente du succès double votre courage...
Tremblez , fils d'Albion !... on peut déjà prévoir
    Votre fuite et votre carnage...

IV.

Du joli mois de mai le septième soleil
Eclairait de ses feux notre bel hémisphère,
Quand un bruit martial arracha la guerrière
    Aux langueurs d'un profond sommeil :
La trompette appelait les braves aux alarmes,
Par de mâles accents ils saluaient le jour,
    Et les cris répétés : AUX ARMES !

Frappaient les échos d'alentour.
Elle prend sa brillante armure,
Son front est ombragé d'un élégant cimier,
Un glaive pend à sa ceinture,
Et son sein virginal est caché sous l'acier.
Son étendard en main, elle joint les cohortes
Qui jurent de mourir ou de vaincre à ses yeux.
Elle ordonne et soudain on a franchi les portes
Qui tournent en criant sur leurs gonds paresseux.
Entre les ennemis et les fils de la France
La Loire élève en vain l'obstacle de ses flots ;
Rien ne peut ralentir leur noble impatience
Et, d'une rive à l'autre, un effort de vaillance
    A porté nos héros.

Le signal est donné, l'airain gronde et la terre
Est couverte aussitôt de morts et de mourants ;
    Des globes de fer et de pierre
      Partout éclaircissent les rangs.
Que ne peut des Français l'audace belliqueuse !...
Ils avancent sans ordre, au milieu des hasards,
    Et, dans leur course impétueuse,
Franchissent les fossés, montent sur les remparts
    Et chassent les soldats épars
Qui n'osent arrêter leur marche furieuse
Ni même soutenir le feu de leurs regards.
Glacidas veut en vain s'opposer à leur suite ;
Sa voix est impuissante, une lâche frayeur
    Hors du danger les précipite.
    Comme l'ange exterminateur,
    La bergère est à leur poursuite :
    Son infatigable valeur
    Plaît aux chevaliers qu'elle excite,
    Elle eut, par un regard vainqueur,
    Fait un Achille d'un Thersite.

V.

Le superbe d'Aulon, le valeureux d'Hilliers,
    Dunois et ses hommes de guerre,
    Près d'elle poussent leurs coursiers.
Sous les coups vigoureux de son long cimeterre
    Lahire voit de l'Angleterre

Tomber les plus braves guerriers.
Les cris de haine et de vengeance
Se mêlent aux cris des blessés ;
Le rivage est couvert de membres dispersés,
De tronçons d'épée et de lance,
De cadavres sanglants l'un sur l'autre entassés.
Du soleil (nos neveux auront peine à le croire)
Cent tourbillons de poudre éclipsent la clarté
Et les ruisseaux de sang qui grossissaient la Loire,
Du cristal de ses eaux troublent la pureté.
La victoire aux Français semble prêter ses ailes :
Ils volent sur les pas des ennemis tremblants
Et vers les remparts des Tournelles
Dirigent leurs coups menaçants.
Tournelles, des Anglais asile formidable,
Par vingt bouches d'airain vomissait le trépas
Et paraissait devoir, en ce jour mémorable,
Braver impunément le démon des combats.
Insatiables de carnage,
Couverts de poudre et de sueur,
Nos guerriers des créneaux mesurent la hauteur
Et, dans leur aveugle courage,
De monter les premiers se disputent l'honneur.

VI.

D'un triomphe incomplet la dangereuse ivresse
Déjà s'empare de leurs sens,
Et ces lieux, où régnaient le deuil et la tristesse,
Répètent de joyeux accens.
Tels qu'après un lointain et périlleux voyage,
On voit, au sein des mers, de nombreux matelots,
Oubliant l'inconstance et des vents et des flots,
Avant de l'aborder, saluer le rivage.
Objet de leurs désirs et fin de leurs travaux ;
Tels nos preux, à l'envi, se montrant les Tournelles,
Croyaient ensevelir sous ces murs renversés
Le germe destructeur de nos longues querelles
Et chantaient les Anglais vaincus et terrassés.

Leurs cris de victoire
Des bords de la Loire
Frappent les échos.
Les airs retentissent,

Les Anglais frémissent, *
Et tous nos héros,
Ivres de leur gloire,
Fiers de leurs travaux,
Chantant leur victoire,
Des bords de la Loire
Frappent les échos...

Mais d'où vient tout-à-coup ce lugubre silence?
Mais de vos fronts poudreux qui chasse la gaîté?
Craignez vous du hasard l'ordinaire inconstance?...
Le Ciel a-t-il trahi votre intrépidité?...
Hélas!... votre douleur n'est que trop légitime :
La vierge qui guidait, soutenait votre ardeur,
Succombe en ce moment, victime
De son zèle et de sa valeur.
Son sang coule et peut être... à son heure dernière,
Le voile de la mort pèse sur sa paupière.

VII.

Un morne étonnement, père de la terreur,
Refroidit les esprits et s'étend sur l'armée ;
Le soldat, l'âme triste, inquiète, alarmée,
Est saisi d'une inerte et farouche stupeur.
Glacidas et les siens, réveillant leur courage,
Avec rapidité fondent sur les Français
Et, les regards sombres de rage,
Font siffler dans les airs une grêle de traits.
Nos guerriers, à leur tour, connaissent les alarmes,
Ils reculent soudain, frémissants, furieux,
Et sont près de jeter leurs armes
Sur ces rivages glorieux
Que naguère ils foulaient d'un pied victorieux...
Mais devant leurs yeux se présente
La bergère de Vaucouleurs.
Son front est obscurci, son armure sanglante,
Et son œil étincelle, humide encore de pleurs.
Sa voix sonore et menaçante
Dissipe des Français les paniques terreurs
Et sème de nouveau le trouble et l'épouvante
Dans les rangs de nos oppresseurs.

VIII.

Quel heureux changement opère sa présence !

Nos preux sentent renaître une nouvelle ardeur :
On croirait à les voir que le combat commence.
Ou qu'ils ont retrouvé leur première vigueur.
Elle-même, oubliant ses blessures cruelles,
D'une main, dans les airs, brandit son étendard,
Et, de l'autre frappant les maîtres de Tournelles,
Se montre la première au faîte des remparts.
Sur ses pas ont marché les enfants de la France,
Le trépas dans les mains, le courroux dans les yeux,
  Ils assouvissent leur vengeance
  Dans les flots d'un sang odieux.
Chez tous les combattants la fureur est extrême,
L'air au loin retentit de mille cris confus ;
Les mourants, les blessés, les vainqueurs, les vaincus,
Succombent avec rage ou triomphent de même.
Enfin par nos soldats les ennemis pressés,
Loin de ces bords sanglants, reculent, dispersés,
  Et, sous les ondes de la Loire,
Clacidas, en fuyant, meurt... d'une mort sans gloire...

IX.

Quand l'épouse et la sœur du souverain des dieux,
Pour fermer aux Troyens la route d'Italie,
  Eût déchaîné les autans furieux,
Qui murmuraient, captifs aux prisons d'Eolie
Les fougueux aquilons, sous les gouffres des eaux,
Allaient du fils d'Anchise engloutir les vaisseaux ;
Ses regards suppliants vers le ciel s'élevèrent...
Neptune dit un mot... et les flots se calmèrent :
Ainsi, quand les Anglais tremblants, irrésolus,
Sous nos coups, dans leur fuite, allaient perdre la vie,
  Leurs vœux et leurs cris superflus
Ne pouvaient des vainqueurs désarmer la furie...
Mais de leur triste sort la vierge est attendrie,
Elle parle... et soudain le sang ne coule plus...

Humble avant le combat, humble après la victoire,
Elle voit sans orgueil, pour fruit de ses exploits,
  Sur chaque rive de la Loire
  Flotter le drapeau des Valois.
Orléans, libre et fier, se livre à l'allégresse,
La Tamise en frémit au fond de ses roseaux
Et la Seine, captive au milieu de Lutèce,
Croit entrevoir déjà qu'une main vengeresse
  Affranchit le cours de ses eaux.

LOGOGRIPHE.

De la méchanceté je suis toujours la fille
Et sur mes onze pieds on me voit en tous lieux
    Servir dans la grande famille
Du lâche et du méchant les transports odieux.

Sur deux pieds seulement je puis tour-à-tour être
Ou pronom possessif ou pronom personnel ;
Dans la gamme deux fois on peut me voir paraître
Soit avant, soit après l'ut au ton solemnel ;
Sur le cube d'un dé, comme sur une carte,
Je vais sans compagnon : au piquet rarement
    Un joueur habile m'écarte ;
   Pour affirmer je remplace souvent
   Oui ce mot dur et si peu poétique ;
   Ou bien j'exprime un faux assentiment
Qu'une condition adoucit et complique.

    Sur trois je deviens l'arme antique
    Qu'employa jadis Apollon
    Dans l'histoire mythologique
    Pour tuer le monstre Python :
    Je suis l'arène où vient s'instruire
    Au pistolet le spadassin ;
    Ou l'enveloppe qui fait rire
    Quand elle renferme Scapin ;
Là je suis par un chat ardent à me poursuivre
Jusques dans mon réduit nuit et jour harassé ;
Ici, fluide utile, au mépris on me livre,
Du rang des élémens par Lavoisier chassé :
Sans moi, sans moi pourtant nul mortel ne peut vivre.

    Sur quatre, je suis tour-à-tour
L'épouse qu'Abraham garda long-temps stérile ;
Une lame de fer dont les dents chaque jour
    Sont d'un usage et fréquent et facile ;
    Là, pour les rois (titre orgueilleux)
    Seulement je me fais entendre ;
    Ou pour les anges et les dieux
    Je suis réservée à répandre

Mon éclat, ma vie et mes feux;
Ici du roi des airs j'abrite la famille,
Ou dans un échiquier qu'il soit récent ou vieux
Avec d'autres moi-même en tous les temps je brille.

Sur cinq, vous trouverez en moi
L'inutile cérémonie
Par qui l'avènement d'un roi
Semble emprunter du ciel la puissance infinie;
Le frère consanguin du farouche Ismaël;
Du bled, comme des os, la lente pourriture;
Des oiseaux carnassiers le pied dur et cruel;
Et le papier sur qui, négligeant poivre et sel,
Le traiteur met le prix de votre nourriture
Avant que vous quittiez sa table ou son hôtel.

Sur six enfin, je suis sur cette terre
Du désordre et de l'embarras
Une nécessité première
Qu'on surmonte dans tous les cas;
Ou bien, objet d'envie et fils de la prudence,
Loin du jour et du bruit caché timidement,
On me garde en tous lieux bien difficilement
Et les femmes surtout n'ont point la patience
D'allonger indéfiniment
Ma problématique existence.

RUPERT DE LINDSAY.

NOUVELLE.

(Imité de l'anglais).

I.

Rupert de Lindsay était le dernier rejeton d'une famille ancienne et opulente. Quoique, par sa figure, il ne pût avoir aucune prétention à la beauté, il était néanmoins dévoré d'un vif désir de plaire, et possédait tous les prestiges d'une véritable amabilité. Il avait appris de bonne heure l'art de faire oublier par les grâces de ses manières le peu de régularité de ses traits, et avant d'être arrivé à l'âge où les autres hommes ne sont encore cités que par le nombre de leurs folies ou la beauté de leurs chevaux, il était renommé non moins par le brillant de son ton et la multiplicité de ses conquêtes que par ses connaissances littéraires et ses succès diplomatiques. Mais pendant que chacun lui portait envie, il était, au fond du cœur, l'homme du monde le plus inquiet et le plus désenchanté.

Les illusions des sens, les triomphes de la vanité ne pouvaient le contenter : il avait besoin d'être aimé exclusivement pour lui même, et ce besoin qui était devenu pour lui une passion dominante, n'avait jamais été satisfait. Pendant que cet impérieux désir lui attirait de nombreuses déceptions, les autres avantages qu'il obtenait semblaient plutôt l'irriter que le consoler. On aurait pu lui appliquer ce que Marmontel disait d'Alcibiade : « Il était promptement désabusé de ses maîtresses; l'une préférait son bon goût, l'autre sa fortune ; celleci ne l'avait écouté que pour exciter la jalousie d'un amant volage, celle-là, que pour l'enlever à une de ses amies. »

Rien n'inspire plus de dégoût à l'âme que la connaissance du monde et de ses vices; aussi Lindsay devint misantrope par réflexion.

Je le vis avant qu'il quittât l'Angleterre, son esprit était alors soucieux et agité. Je le rencontrai à son retour, après cinq ans d'absence passés dans diverses cours de l'Europe, son caractère était aussi inégal qu'auparavant. Il avait acquis

(1) *The Olio.* — De Lindsay.

l'habitude de maîtriser ses passions et d'influencer celles des autres. Il était parvenu à cette seconde période de l'expérience, où de trompé on devient trompeur. A sa première indignation contre les vices des hommes, il ajouta un profond mépris pour leurs faiblesses.

Cependant de nobles qualités, de beaux sentiments dormaient encore confusément dans son cœur, et, pour les réveiller, un appel qu'on aurait fait à un principe aurait été inutile, tandis qu'il aurait eu un plein succès s'il avait été fait à une affection.

Quoique l'égoïsme fût devenu le mobile, le véhicule de ses actions, il y avait bien des moments où il se serait entièrement sacrifié à la voix d'une simple émotion. Les hommes supérieurs arrivés à l'âge où les passions sont amorties, ne se complaisent guère au milieu des frivolités du monde s'ils ne sont pas mariés et s'ils ne cherchent pas à l'être ; de Lindsay, qui approchait de la trentaine, évitait déjà la société qu'il avait autrefois tant recherchée et vivait uniquement pour se livrer à ses plaisirs et à une douce nonchalance.

Les femmes devinrent bientôt son unique occupation. C'était seulement quand il s'agissait d'une intrigue amoureuse qu'il sortait de son apathie et se montrait susceptible d'animation.

Dans un petit village, peu éloigné de Londres, à ***, demeurait la famille Warner ; le père, Eléazard Ephraün, était un négociant aveuglément attaché à sa religion et appartenant à une congrégation pieuse : son fils, James, était libertin et boxeur ; sa fille, à qui on avait donné le nom chaste et doux de Marie, était jolie, simple et modeste ; son cœur était aussi beau que sa figure. Son caractère plutôt tendre que gai, avait conservé une teinte de mélancolie, résultat de l'indolence dans lequel elle était restée depuis son enfance et de l'éducation qu'elle avait reçue : mais cette mélancolie était tempérée par des habitudes de charité contractées dès son jeune âge, et son ignorance du mal était si grande, qu'elle n'en soupçonnait même pas l'existence ; elle n'aimait encore qu'à fouler l'herbe fleurie et à respirer l'air pur des champs. Cette innocence, cette pureté, au sein d'une famille austère, au milieu des exemples de la dissolution d'un frère corrompu, avaient quelque chose de grand et de sublime : c'est ainsi que la vertu se fortifie et s'ennoblit en passant sur les épines de la terre, pour continuer son pélérinage vers le Ciel.

Rupert de Lindsay était venu dans le même village de ***, il y avait suivi mistriss Monkton, épouse d'un officier d'un régiment alors en garnison en Irlande. Il y vit, admira et convoita la belle et pure enfant dont nous venons d'esquisser le portrait. Un hasard favorisa ses espérances : il entrait un jour dans la chaumière d'un malheureux qu'il visitait et soulageait par un sentiment de générosité qui lui était naturel, quoiqu'il parût incompatible avec sa misantropie acquise, lorsqu'il trouva miss Warner occupée des mêmes soins. Il ne négligea pas cette circonstance, il se présenta poliment à elle, l'accompagna jusqu'à sa demeure, mit tout en œuvre pour séduire ce jeune cœur sans défense, et il n'y réussit que trop.

Malheureusement pour Marie, elle n'avait personne pour la guider ou à qui elle pût se confier. Son père, absorbé par les occupations de son commerce ou les pratiques de sa croyance, lui faisait plutôt sentir le poids de son autorité que le charme de son affection, et ne suppléait en rien à l'absence d'une mère tendre et affectionnée, dont la perte était irréparable pour notre héroïne, qui ne pouvait rencontrer dans l'austérité de son père et la dépravation de son frère, une compensation suffisante à la privation des soins et de la sollicitude qu'aurait eus celle dont elle tenait le jour. Ainsi, toute l'énergie, toute la chaleur de cette âme tendre était étiolée par son entourage de famille. Sa nature, son essence était l'amour, et quoiqu'elle eût quelquefois répandu au dehors quelques rayons de sa bonté, elle n'en conservait pas moins encore en elle un trésor qui n'avait pas été découvert, et avant l'arrivée de Rupert, il y avait un vide dans ce cœur qui n'avait pas encore battu pour un homme.

Aussi, n'y a-t-il rien de surprenant que Rupert, qui profitait de toutes les occasions, et dont les fascinations étaient travaillées avec une expérience consommée, acquit bientôt un dangereux pouvoir sur un cœur trop innocent pour être défiant, et qui s'ouvrait pour la première fois au suprême bonheur d'être aimé. Rupert était sûr de la rencontrer dans toutes ses promenades. Il y avait alors une telle douceur dans sa voix, un ton si respectueux dans ses manières, qu'elle se sentit peu disposée à le repousser. Elle ne comprenait pas encore le sentiment qu'on nomme dignité, et la nature de son éducation l'empêchait de découvrir entièrement tout ce qu'il y avait de dangereux ou d'inconvenant dans ces assiduités presque publiques et toujours fréquentes. Elle n'avisait à aucun moyen de résister à ses instances, et la parole si respectueuse de son amant résonnait à son oreille comme une suave harmonie.

Il est inutile de tracer ici les différentes phases de cet amour. Elle s'éveilla bientôt à la pleine connaissance des secrets de son cœur et Rupert acquit bientôt l'assurance d'être aimé comme il le désirait. « Jamais, dit il, je ne trahirai un amour si tendre. Sa confiance en moi ne sera point trompée ; elle est innocente et heureuse, et je ne la rendrai pas coupable et infortunée. »

Ainsi son innocence se réfléchissait même sur lui et épurait l'atmosphère de son cœur.

Quelques mois après, Rupert fut appelé dans ses terres pour des affaires urgentes qui réclamaient sa présence ; il annonça son départ et but avec énivrement les larmes qui coulèrent des yeux de Marie. Il sentit alors combien il était ardemment aimé. Il la pressa sur son cœur et son ignorance du mal la protégea contre l'ivresse de ses transports. Au milieu de tous ses défauts (et il en avait beaucoup !) que cet acte de continence, que cette réserve soient au moins remarqués !...

II.

Les jours se succédaient rapidement : chaque matin, Marie venait au bureau de poste, à la même heure et d'un même pas, prendre les lettres qui lui étaient adressées ; chaque matin, son œil étincelait en en faisant la lecture. Mais pourtant il était un matin, dans chaque semaine (1), qui lui paraissait plus triste que les autres ; c'était celui qui ne lui apportait pas des nouvelles de l'objet aimé, c'était le lundi, jour néfaste pour elle, qui abattue et dolente se sentait à peine la force de vivre.

Loin de chercher à combattre son amour, elle relisait sans cesse le peu de livres qu'il lui avait laissés, elle se promenait chaque jour aux lieux qu'il avait embellis par sa présence, elle passait fréquemment près de la maison qu'il avait habitée, afin de voir la croisée où elle l'avait remarqué si souvent.

Rupert trouva que ses propriétés avaient été mal, bien mal administrées par ses fermiers et ses intendants, qui avaient mieux fait leurs affaires que les siennes. Il avait jusque-là vécu comme un prince et ses revenus ne s'en étaient pas augmentés. Il s'informa du produit exact de ses biens, renouvela de vieux baux sur de nouveaux termes ; acquitta les comptes de ses intendants ; ferma les sentiers pratiqués dans son parc par les habitants voisins ; chassa une douzaine de braconniers ; donna congé à beaucoup de locataires, et par une conséquence toute naturelle de ces actes d'économie et d'arrange-

___

(1) À cause de la solennité du dimanche, le courrier de Londres, ne partant pas ce jour-là, n'arrivait point le lundi au village de ***.

ment, devint en peu de temps l'homme le plus impopulaire
du comté.

Un jour, Rupert alla dans une de ses forêts pour désigner
quelques arbres qu'il voulait faire abattre. Le temps changea
tout d'un coup, ainsi qu'il advient souvent en Angleterre;
une averse considérable succéda à une chaleur étouffante.
N'ayant pas eu la facilité de changer d'habit en ce moment-là,
il y contracta une fièvre d'une nature maligne, qui alla jusqu'au délire.

Pendant plusieurs semaines on désespéra de ses jours. Le
diable et le médecin ne doivent pas toujours être d'accord,
car la morale dit qu'il ne peut exister d'amitié entre les méchants. Cette fois le docteur resta définitivement victorieux.
Le malade recouvra la santé. « Donnez-moi de l'air, dit Ru-
» pert, aussitôt qu'il eût retrouvé la facilité de commander;
» apportez-moi toutes les lettres arrivées depuis ma maladie.»

De cet amas de papiers barbouillés par des amis fashiona-
bles, des cousins de campagne, des autorités du pays et des
marchands qui prennent la liberté de vous rappeler les petites bagatelles qui échappent à votre mémoire, de cet amas,
disons-nous, de précieux écrits, Rupert décacheta d'abord
une lettre de l'épouse adultère qui, nous ne l'avons pas oublié, séparée momentanément de l'officier irlandais à qui elle
était unie, avait occasionné les promenades de Rupert dans
le village de Marie. Elle l'informait que d'officieux amis avaient
dénoncé sa conduite à son mari, de retour d'Irlande; que
celui-ci, très-chatouilleux sur le point d'honneur et réellement amoureux de sa femme, était du caractère le moins
disposé à pardonner une si grave injure; qu'il avait en-
voyé deux fois un sien ami au château de Lindsay pendant la
maladie de Rupert, et qu'il paraissait si étrangement contra-
rié par l'idée qu'une mort toute naturelle pourrait le priver
du plaisir de se venger de sa propre main, que l'on devait
supposer qu'il prenait un intérêt tout particulier à la santé de
son ennemi. Elle ajoutait qu'on le voyait toujours se promener
seul, méditant de sombres projets de vengeance, évitant toute
réunion et quelquefois demeurant absorbé en contemplant
fixement des pistolets placés devant lui.

Toutes ces circonstances étaient racontées avec autant de
prolixité que d'emphase par cette malheureuse femme, qui
tenait ces renseignements de seconde main, car elle avait été
chassée et du lit et du domicile conjugal.

« Ah ! voyons maintenant celles de Marie, » s'écria ensuite
le convalescent, et il prit aussitôt une foule de lettres qu'il
avait mises à part, comme un enfant choisit les raisins de

son *puding* pour en faire sa dernière et meilleure bouchée. A la lecture des trois ou quatre premières, il sourit de plaisir : mais après, ses lèvres se serrèrent et un nuage sombre descendit sur son front. Il en ouvrit enfin une autre, en lut à peine quelques lignes et se levant avec précipitation de sa couche : « Holà ! ! quelqu'un ?... — Ma voiture de suite ?... » Ne perdez pas un instant. — M'entendez-vous ?... — Trop » malade, dites-vous ; je ne me suis jamais mieux porté. — » Pas une parole de plus ou... Ma voiture, vous dis-je ?... » Mettez-y mes chevaux les plus vifs ; je veux être à *** avant » cinq heures. »

Ses ordres furent promptement exécutés.

Retournons maintenant à Marie. Les lettres de Rupert, qui l'avaient charmée pendant les longs jours de l'absence, cessèrent tout-à-coup de lui parvenir. « Quelle peut en être la » raison, se dit-elle, serait-il inconstant ou malade ? » — Hélas ! quelle que soit la cause de son silence, elle est toujours triste et déplorable pour elle. « Etes-vous sûr qu'il n'y en a pas ? » répétait-elle chaque matin, quand elle allait à ce bureau de poste d'où elle revenait habituellement si contente, et le son de sa voix était si doux, si intéressant quand elle formulait cette question, que l'employé regardait ses dépêches une deuxième fois, avant de refermer le guichet et de lui ravir sa dernière espérance.

Son appétit et ses couleurs diminuèrent tous les jours ; elle s'enferma dans sa chambre et elle employait tout son temps à relire et à commenter chaque mot des lettres qu'elle possédait de lui, ou à déposer sur le papier toute l'amertume dont son âme était abreuvée. « Il faut qu'il soit malade, pensa-t-elle à » la fin, il ne saurait être aussi froidement cruel... » Et ne pouvant supporter plus long-temps cette pénible anxiété : « J'irai le trouver, ajouta-t-elle, ce sera moi qui le soigne- » rai... Qui pourrait l'aimer mieux que moi ? Qui mieux que » moi pourrait veiller sur lui ? »

La force de sa passion l'emporta sur sa modestie, et un certain jour elle s'esquiva de la maison paternelle d'un pied tremblant et mal assuré. Une réflexion l'arrêta soudain quand elle eut franchi le seuil de sa porte, et elle allait rentrer quand elle tressaillit à la voix de son frère irrité. James avait, depuis quelques jours, remarqué un changement total dans les habitudes et les manières de sa sœur, et, cherchant à en pénétrer la cause, il s'introduisit furtivement dans sa chambre, découvrit une lettre qu'elle venait d'écrire à Rupert, et où elle parlait de son projet de fuite. Il la surveilla en conséquence et déjoua facilement le dessein qu'il lui connaissait.

Il n'y avait ni tendre compassion, ni bienveillant intérêt dans le cœur de James. Il la reconduisit brusquement au logis et l'injuria dans les termes les plus durs et les plus insultants. C'était encore peu pour lui; il raconta à son père, en les amplifiant, toutes les circonstances de cette évasion avortée, et après avoir appelé la honte et le désespoir sur son infortunée sœur, il crut avoir fait une œuvre méritoire, et se donnant un air d'importance, il monta sur son cheval bai *Stanhope*, et partit pour le jeu de paume.

Mais ce ne sont là que de légères peines encore; de plus grandes afflictions doivent torturer le cœur de la pauvre Marie.

III.

Il y avait dans le même village de ***, un certain Zacharias Johnson, homme pieux et riche, affilié à la même confrérie qu'Eléazard Warner. Sa voix était la plus nazillarde, ses discours les plus mielleux, son aspect le plus sinistre et ses vêtements les plus usés du canton. L'œil de cet homme convoitait Marie. Il aimait sa beauté, parce qu'il était sensuel; sa douceur parce qu'il était poltron, et sa fortune, parce qu'il était marchand. Il fit aisément agréer ses propositions au père et au fils, et ne doutait pas d'avoir l'assentiment de la jeune fille. Après avoir parlé dévotion avec Eléazard, il avait employé auprès de James le langage d'un homme du monde. Il fit de brillantes promesses; il devait fournir à toutes ses folles dépenses, et pour qu'il exerçât en sa faveur l'influence qu'il avait sur son père et sur sa sœur, il lui compta d'avance une somme considérable qui le rangea incontinent de son parti.

James avait sur son père une autorité qu'il serait difficile de justifier; car dans la conduite et la manière de voir de chacun d'eux, il n'y avait pas la moindre similitude; mais l'un possédait une volonté ferme et inébranlable, et l'autre un esprit faible et facile à dominer.

Quand M. Warner fit connaître à sa fille les propositions de Zacharias, elle montra une douleur si vraie, une répugnance si profonde que le cœur naturellement bon du vieillard en fut réellement ému. Il aimait la société de cette enfant, il n'aurait pas voulu s'en priver si tôt, en outre l'infâme trafic qui avait lié les intérêts de Johnson à ceux de James n'avait pas encore porté ses fruits, de sorte que cette démarche sembla à M. Warner être comme un procès devant le lord chancelier, comme une chose dont on parlerait long-temps avant de la mener à bonnes fins.

Malheureusement, à l'époque où Marie en cherchant à s'évader avait indisposé son père contre elle., l'odieux marché avait été conclu. James tira adroitement parti de cette circonstance, il irrita la colère d'Eléazard, flatta ses goûts, vanta son amour immodéré du lucre, loua son dévoûment absolu à la confrérie et obtint de lui la promesse de faire accomplir de gré ou de force cet horrible mariage. Il étouffa ses scrupules à mesure qu'ils naissaient, excita et soutint sa fermeté dans les scènes déchirantes qu'il eut avec sa fille, et malgré tous les moyens que Marie employa pour le retarder, il fit déterminer le jour qui devait livrer sa sœur sans défense à un homme qu'elle n'aimait pas.

Il nous serait pénible de dérouler ici cette série de persécutions barbares, et pourtant si communes dans la vie. Marie était trop faible pour opposer une longue résistance; ses plaintes cessèrent bientôt de se faire entendre et ses larmes de couler; elle se replia sur elle-même, sans secours, sans espérance, et tomba dans le plus décourageant désespoir. Elle se ménagea pourtant, durant les trois derniers jours, la facilité d'écrire à Rupert, et d'envoyer ses lettres à la poste. « Sauvez-« moi! lui mandait-elle, sauvez-moi! je ne vous dis point par « quels moyens, car tous me semblent bons, pourvu qu'ils « réussissent. Sauvez-moi donc, je vous en conjure; soyez « mon ange gardien. Je ne vous serai pas long-temps à charge: « je sens que je mourrai bientôt, seulement je ne voudrais « pas mourir loin de vous, de vous qui le premier m'avez appris « à chérir la vie, et qui, je l'espère, adoucirez pour moi les « horreurs de la mort. De toutes les privations qu'ils veulent « m'imposer, celle de ne plus vous voir, de ne plus vous « aimer me paraît la plus affreuse à envisager, la plus impos-« sible à supporter. Ma main est si froide qu'à peine elle « peut tenir ma plume.... J'entends le bruit des pas de mon « père.... Adieu, Rupert, adieu, mon ami: n'oubliez pas... « Vendredi prochain.... Sauvez-moi, sauvez-moi...! »

Mais hélas! ce jour fatal est arrivé et Rupert n'est point là. On l'a parée de sa robe de mariée, et son père est venu la prendre pour la conduire dans la chambre où déjà étaient rassemblés le petit nombre des invités. Il l'embrassa sur les joues; elles étaient si mortellement pâles que son âme en fut vivement touchée, et qu'il lui parla avec autant de douceur qu'autrefois. Elle se tourna vers lui, ses lèvres s'entrouvrirent sans pouvoir articuler une seule parole. Il y avait une expression de regret et de douleur dans les yeux du vieillard; mais James entra alors, son esprit astucieux devina tout ce qu'il y avait de dangereux dans cette hésitation; il fronça les sour-

cils, dit quelques mots, et cette dernière planche de salut fut
enlevée à l'intéressante victime. « Que Dieu vous pardonne ! »
murmura-t-elle, et demi-morte, elle se laissa traîner plutôt
que conduire au salon.

Là, près d'une table d'acajou, étaient assises deux vieilles
demoiselles au maintien raide et important, au cœur flétri et
ossifié par la bigoterie. Elles s'avancèrent, déposèrent un froid
baiser sur le front décoloré de la mariée, et après avoir pro-
féré quelques mots de félicitations, retournèrent à leur siége
et reprirent leur première attitude. Il y avait si peu d'appa-
rence de vie dans les félicitants et les félicités que leur vue
eût été pour vous comme une triste apparition de l'autre
monde.

Johnson était assis dans un coin du foyer. Il s'était vêtu ce
jour-là beaucoup plus fastueusement que d'habitude, ce qui
prêtait à l'air solennel qu'il affectait quelque chose de grotes-
que et de peu naturel. Un sourire de satisfaction et de béati-
tude erra sur ses lèvres quand il vit Marie, et une expression
singulière anima un instant ses yeux demi-fermés. Il se leva
lentement, fit une respectueuse salutation, et reprit aussitôt
après sa place. En face de lui se trouvait un enfant âgé de dix
à douze ans qui grignotait un morceau de gâteau en regardant tout le monde d'un œil morne.

Sur un siége, près de la fenêtre, à l'extrémité de la chambre, les bras croisés sur sa large poitrine et le front assombri
par d'amères réflexions, se voyait un officier d'une figure
agréable et ouverte, et d'une taille haute et bien prise. Après avoir
salué Marie, il l'examina pendant quelques instants avec un
profond intérêt, soupira, marmonna quelques mots et resta
immobile les yeux fixés sur le parquet : c'était Monkton, le
mari de la femme que Rupert avait séduite à ***. Monkton
connaissait Zacharias depuis long-temps. L'esprit toujours
préoccupé de sinistres pensées, il avait voulu chercher des
consolations dans la doctrine de cet enthousiaste, et un jour
lui entendant dire qu'il allait s'unir, par un saint mariage,
à une jeune et belle enfant, brebis qui était presque tombée
la proie du même loup qui s'était aussi glissé dans sa bergerie,
Monkton témoigna un vif désir de voir la brebis égarée et
Zacharias l'invita à ses noces.

IV.

Quand tous les conviés furent réunis, M. Warner dit :
« James, donnez-moi les livres saints. » La Bible fut appor-

tée, et tous, par un mouvement spontané, se mirent à genoux; alors, le vieillard lut avec onction plusieurs passages
des écritures sacrées appropriés à la circonstauce. Il se fit
ensuite un grand silence. Eléazard Warner prit alors la parole
et prononça un long discours *ex abundantiâ cordis*. Il fut écouté
avec une religieuse attention. « O ! Dieu bienfaisant, dit-il
» en terminant, nous nous prosternons devant toi avec des
» cœurs humbles et soumis. L'esprit du mal a soufflé un ins-
» tant parmi nous : celle qui faisait l'orgueil et les délices
» de nos yeux, t'a oublié un moment, mais elle revient à toi,
» ne la repousse pas, nous t'en conjurons. Fais couler sur
» elle l'eau de ta grâce, laisse descendre sur son front ta mi-
» séricordieuse bonté et que le bonheur renaisse de nouveau
» parmi nous! » Puis regardant Monkton attendri, il ajouta :
« Il est paru dans cette enceinte un autre de tes serviteurs
» que le même chagrin a frappé et qui a senti les morsures du
» même serpent ; répands sur lui le confort de ton esprit
» saint ; éloigne de lui les malheurs et les afflictions terrestres,
» et daigne accorder à lui et à elle, devant qui s'ouvre une
» nouvelle carrière de devoirs, daigne leur accorder cette
» douce paix qu'aucune vanité du monde ne peut emporter
» ni troubler.... Quoique la voix de l'allégresse soit encore
» muette et quoique les cris joyeux de l'hymen ne se soient
» pas encore fait entendre dans ces lieux, nous espérons que,
» grâce à ta puissance, ce jour sera pour nous tous le com-
» mencement d'une ère qui nous mènera à la félicité, à la
» vertu et au bonheur éternel. »

Il dit, et chacun se leva ensuite dans un recueillement
vrai. Marie retomba sur son siége, immobile et silencieuse ;
son pauvre cœur avait pour ainsi dire cessé de battre. Enfin
James, d'une voix sourde qui vibra au milieu de ce silence
comme une interruption soudaine et solennelle, dit : « Je
pense, mon père, qu'il est temps de partir.... » Comme il
achevait ces mots, on entendit le bruit d'une voiture, le
piétinement des chevaux et le mouvement des roues ébranlant
les pavés, et tout ce bruit vint précisément expirer et finir à
la porte de la maison. Chacun se regarda avec une muette
stupeur, et tout d'un coup la porte du salon s'ouvrit avec
fracas ; c'était.... Rupert de Lindsay. Pâle, amaigri et changé
au point qu'il n'y avait que les yeux d'une amante qui pussent
le reconnaître, il se précipita au milieu d'eux, s'écriant :
« Grâce au Ciel ! je n'arrive pas trop tard», et avec un mélange
de tendresse et de défiance, il entoura de ses bras caressants la
jeune fiancée, qui, égarée et tremblante, s'était jetée sur lui
avec le plus tendre abandon ; puis promenant ses yeux autour

de lui : « Vieillard, continua-t-il, j'ai causé votre peine et je
» viens la faire cesser : accordez-moi votre fille en mariage ;
» elle m'aime, vous ne l'ignorez pas, et le trouble qui l'agite
» en ce moment en est un vivant témoignage. Elle hait celui
» que vous devez lui imposer pour époox, et j'en ai pour
» preuves ces joues où la paleur du lys a remplacé l'éclat des
» roses, et ce corps languissant et débile que le chagrin a fait
» tomber dans un marasme affreux. Vous, son père, vous,
» son frère, vous qui étiez sur le point de lui donner votre nom
» et vous tous enfin, vous le savez qu'elle m'aime, qu'elle
» n'aime que moi, et vous n'aurez pas la barbarie de me la
» refuser pour femme ; car elle l'est déjà aux yeux de Dieu...
» Ne nous séparez donc pas ; nous vous en prions à genoux
» tous les deux. »

   —Loin d'ici, imposteur, s'exclama Zacharias.— Sortez,
sortez, dit le père. — Les vieilles ladis jetaient sur lui des
regards flamboyants ; James avait de la peine à contenir sa fureur et Monkton, exaspéré, le regardait avec un air menaçant,
en tenant à la main le couteau qui avait coupé le gâteau de
l'enfant et qu'on avait par mégarde laissé sur le buffet. Après
un long moment de stupéfaction, James se précipita sur sa
sœur défaillante et chercha à l'arracher des bras qui l'enla-
çaient. Rupert le repoussa violemment, et par un effort d'autant plus étonnant qu'il échappait à peine à une maladie
terrible, il saisit Marie d'un bras, de l'autre il écarta brusquement Zacharias et descendit précipitamment les escaliers,
le cœur bondissant d'espérance et de joie... « Suivez-le,
» suivez-le, criait le père dans son angoisse ; sauvez ma fille...
» Pourquoi ne faites-vous rien pour la sauver ? » et il se tor-
dait les bras, mais ne bougeait pas, accablé qu'il était sous le
poids de son désespoir.

   « Je la sauverai, moi, » dit alors Monkton ; et brandissant
le couteau qu'il n'avait point abandonné, il se mit à la pour-
suite de Rupert et l'atteignit au moment où, se croyant le
plus sûr de la victoire, il venait de placer Marie dans sa voiture et allait y monter lui-même. Monkton, appuyant fortement sa main sur son épaule : « Vous vous nommez Lindsay,
» je crois?... — Oui, pour vous servir. répondit Rupert en
» cherchant à se dégager. — Meurs, alors, meurs, infâme, »
s'écria Monkton, en plongeant deux fois son couteau dans le
sein de l'adultère, qui chancela et tomba presqu'aussitôt.

   Monkton resta près de lui, l'œil en feu et considérant
l'arme qui fumait teinte du plus pur sang de son ennemi :
« Osez me regarder, lui dit-il avec le sourire de satisfaction
» que donne la vengeance assouvie, osez me regarder, et re-

» connaissez en moi ce Henri Monkton que vous avez lâche-
» ment outragé dans ce qu'il avait de plus cher au monde!
» — Oh! Dieu, murmura le jeune homme expirant, le Ciel
» est juste... »

Il se tordit un instant encore sur les dalles de la cour,
puis rendit le dernier soupir.

Marie, en revenant à elle, vit le corps souillé de son amant
à ses pieds : son frère, en l'entraînant mourante, la fit passer
sur le cadavre de son ami. Elle retomba bientôt dans une in-
sensibilité complète. Pendant deux jours, elle ne sortait d'un
évanouissement que pour rentrer dans un autre. Enfin, vers
le soir du troisième jour, la pauvre enfant avait cessé de
souffrir... (1)

-----

(1) *The Olio.* — *De Lindsay.* — A tale.

AMOUR.

Toujours présente à ma pensée
Le jour son image me suit,
Et, dans mes songes retracée,
Je la revois pendant la nuit :
Je crois lui peindre ma tendresse,
Elle m'écoute avec douceur,
Son regard a plus de langueur,
Et son haleine enchanteresse
Semble sortir avec lenteur
D'un sein que le plaisir oppresse.
Un incarnat vif et brillant,
Dont la seule pudeur est cause,
Embellit son front séduisant :
Il a l'éclat, dans cet instant,
De ces nuages teints en rose
Par les feux du soleil couchant.

Parfois, aux loges du théâtre
Je crois encor la contempler :
Son sourire que j'idolâtre,
Son teint aussi blanc que l'albâtre,
Son regard qui semble parler,
Sa beauté qui, dans cette salle,
Eclipse tant d'autres beautés
Et qui dans ces murs enchantés
Nous la présente sans rivale ;
Tout en *elle* plonge mes sens
Dans le plus enivrant délire ;
Je ne vois qu'*elle* et je ne sens
Rien que les prestiges puissans
Du vif amour qu'elle m'inspire.

Ces rêves si chers à mon cœur
(N'en doutez pas, ô vous que j'aime),
S'ils ne sont pas le bonheur même
Sont aussi doux que le bonheur.

Illusions, qui pouvez rendre,
Le calme à mon cœur agité,

Si mon amour ne peut attendre
Un retour, hélas! mérité,
Trompez-moi toujours, dans mon âme
Où fermente une tendre flâme,
Remplacez la réalité ;
Montrez-moi sans cesse ma belle,
De son image entourez-moi :
Je ne puis être, je le vois,
Heureux qu'avec *elle* et par *elle*.

AUX MANES DE MA MÈRE.

ÉLÉGIE.

Oui, c'en est fait, hélas!... une morne tristesse
Paralyse mes sens et flétrit mes beaux jours;
    Son influence qui m'oppresse,
    Empoisonne à jamais le cours
Des ans que le destin réserve à ma jeunesse.
De mes nuits sans repos, de mes jours sans gaîté,
Rien n'embellit l'horreur et la monotonie;
Les champs, à mes regards, se montrent sans beauté;
Et les flots, à mes pieds, roulent sans harmonie.
Mon âme est incertaine et ne peut me guider.
De ma félicité déplorant le naufrage,
Dans une mer de maux, je demande un rivage
Et je n'en trouve point où je puisse aborder.

Fermé pour les ennuis, ouvert à l'allégresse,
Rien ne troublait jadis mon sort insoucieux.
Et si parfois alors une ombre de tristesse
Tombait rapidement sur mon front et mes yeux,
Elle n'altérait point ma gaîté renaissante,
Mon front redevenait aussi joyeux qu'avant,
Et mes yeux ranimés brillaient au même instant
D'une vivacité plus douce et plus charmante:
Ainsi quand, sous les feux de son disque brûlant,
L'astre puissant du jour embrasse la nature,
Un nuage en passant rafraîchit la verdure,
Et lui donne un éclat plus vif et plus brillant.

Du moins quand la douleur chaque jour me consume
Si je trouvais un cœur qui répondît au mien!...
Si les épanchements d'un intime entretien
Pouvaient de mon malheur adoucir l'amertume!...
Mais dans cet univers, dans la foule isolé,
Nul jamais ne voudra souffrir de ma misère,
    Et sur mon front inconsolé
Ne s'imprimera plus le baiser d'une mère...
Ma mère!... en te perdant, hélas! j'ai tout perdu...
Toi seule possédais le charme qui console,

Et de ta bouche aimée une simple parole
A la joie, au bonheur, m'aurait bientôt rendu.
Ton nom qu'avec respect chaque fois je murmure,
Annonce mes regrets et dit mon désespoir
A l'aube du matin comme à l'ombre du soir :
Il réveille en mon sein la voix de la nature.
Vivante, tu savais comprendre et pénétrer
Les mystères d'un cœur de fils et de poète ;
Morte, tu viens calmer ma souffrance inquiète ;
C'est à toi que je dois la douceur de pleurer...

Il me souvient toujours (et tant que dans mes veines
Bouillonnera le sang que j'ai reçu de toi,
Ces tendres souvenirs allégeront mes peines)
Il me souvient toujours de ton amour pour moi,
De tes soins prodigués à ma débile enfance,
De tes avis donnés à mon adolescence,
De tes pleurs quand de toi je m'éloignais un jour,
Et de tes longs baisers au moment du retour.

Au temps où consacrant mes jours à la patrie,
Sur le sol africain m'enchaînait le devoir,
Que de fois, dans le temple où la vierge Marie,
Près du pont de Bollène écoutait chaque soir
Les vœux que tu formais pour ma gloire et ma vie,
Que de fois s'échappa de ton âme attendrie
  ' La demande chérie
De ne point expirer avant de me revoir...
  Le Ciel, hélas !... fut sourd à ta prière :
Tu mourus et ton fils eut la douleur amère
De ne point recevoir, à ton heure dernière,
Et ton dernier regard et tes derniers adieux...

Sur la terre sacrée où ta cendre repose
Ne brillera jamais un sépulcre imposteur,
Superbe monument qui, du riche morose,
Flatte la vanité sans charmer la douleur.
Oui, pour éterniser ta mémoire, ô ma mère !
Mon or n'a pu payer les ciseaux du sculpteur,
Mais (j'en atteste ici mon délire et mon cœur)
  Tu ne mourras point tout entière :
Tu vivras dans mes vers, tu vivras dans mes chants,
' A mes justes regrets ; à ma douleur sincère
Ils sauront emprunter des accords plus touchants ;

Tu ne mourras point tout entière...
Colonnes, chapitaux où l'orgueil a gravé
Les titres vils de l'opulence,
Marbres vains et menteurs dont la mort a pavé
Les champs de deuil et du silence,
Dans l'ombre du néant vous dormirez un jour;
Mais jamais dans l'oubli ne tombera ma mère;
Mes vers et ses vertus la rendront douce et chère
A tous les cœurs épris d'un filial amour...

Le poète qui passe et chante sur la terre
A reçu de Dieu même un sacré ministère;
Dispensateur de gloire et d'immortalité,
Il doit faire honorer et respecter sa mère,
Et dire, en la pleurant quand elle l'a quitté:
« Tu ne mourras point tout entière. »

LE SONGE.

La sensibilité fait tout notre génie ;
Le cœur du vrai poète est prompt à s'enflammer,
Et l'on ne l'est qu'autant que l'on sait bien aimer.
                    PIRON (Métromanie).

Le sommeil pesait sur mes yeux,
Quand tout-à-coup une sylphide
S'avance et dit : « Loin de ces lieux
» Suis-moi vers le temple de Cnide ;
» Un dieu qui s'intéresse à toi
» Veut que je te serve de guide,
» Je te le commande, suis-moi. »

Elle était jeune, fraîche et belle,
Son œil était plein de douceur,
Et, comme celui d'Isabelle,
Son front exprimait la candeur.
La présence de l'immortelle
Ne me causa point de stupeur,
Et ce fut de gaîté de cœur
Que je me plaçai sur son aile.

Soudain l'habitante des airs
Loin des pays qui me sont chers
Me transporta d'un vol rapide :
Sous moi de l'élément perfide
J'entendais sans effroi mugir les flots amers,
Et sur des plages inconnues
Je pouvais remarquer les sables des déserts
En épais tourbillons s'élever jusqu'aux nues.

Salut au berceau des beaux-arts !...
De la ville chère à Minerve
Je vois les antiques remparts
Et cette vue électrise ma verve :
Périsse le Turc inhumain
Dont la coupable barbarie
D'Homère et de Philoppémen

Ne respecte pas la patrie !.,.
O Grecs !... relevez-vous !... Vos lauriers refleuris
Vous ouvriront encor le temple de Mémoire ;
Fille de vos aïeux, d'impartiale histoire
Célèbre avec orgueil votre noble pays
Et trempe son burin dans le sang que la Gloire
        Fait jaillir sur vos vieux débris...
        Salut, plaines de l'Argolide !...
        Salut aux décombres épars
De ces murs autrefois... Mais les bosquets de Cnide
        Se déroulent à mes regards :
        Je m'arrête avec la sylphide.
        Du doigt je la vis me montrer
        Un lieu charmant et solitaire
Où les feux du soleil ne peuvent pénétrer ;
Les myrthes odorants d'une ombre tutélaire
        A l'envi semblent l'entourer ;
D'un ruisseau transparent l'onde argentine et claire
Sur de petits cailloux s'y plaît à murmurer.
        Puis ma conductrice légère
Ajouta : « Mon ami, c'est là qu'il faut entrer. »
Je la quitte et, rempli d'un trouble involontaire,
Vers le bocage obscur j'ose m'aventurer.

        J'avais fait quelques pas à peine,
        Quand, près d'une douce fontaine
        J'aperçus l'essaim des amours
        A côté de leur souveraine
        Riant et voltigeant toujours.
        Auprès des Grâces demi-nues,
        Vénus agaçait les plaisirs,
        Et quelques nymphes ingénues
        Semblaient appeler les désirs.

        Dans cette enceinte révérée
        Je me prosterne avec respect ;
        Mais des lèvres de Cythérée
Un sourire divin s'échappe à mon aspect ;
        Puis, d'une voix pure et sonore,
        Elle m'adresse ce discours :
« Torquatus et Parny, près d'une Eléonore,
        « Furent inspirés des amours ;
« Dans le pays charmant où tu reçus la vie,
« Pétrarque auprès de Laure a trouvé d'heureux jours
        « Et puisé les feux du Génie ;

» Properce de Pyrrha célébra la beauté :
  » Tibulle idolâtra Cinthie.
» Tous doivent leurs talents et leur célébrité
  » A la tendresse d'une amie.
» Toi, moins habile qu'eux, sache les imiter ;
  » Auprès d'une amante fidèle,
» Mon fils ira parfois en secret te dicter
» Des vers qui charmeront l'oreille d'Isabelle,
» Et peut-être qu'un jour on parlera de toi,
  » Non comme d'un brillant poète ;
» Mais comme d'un amant qui sut garder sa foi,
» Qui, vouant à Vénus sa verve et sa musette,
» Mérita que sa belle, avec un doux émoi,
» Ecoutât les accents de sa lyre discrette
» Et pour lui se soumît à l'amoureuse loi. »

Elle dit... aussitôt dans les flancs d'un nuage
Je vois se dessiner le plus joli corsage
Que l'art et la nature aient embelli jamais.
De longs habits de deuil font briller davantage
L'éclatante blancheur de pudiques attraits...
Hélas !... un voile noir me dérobe ses traits...
      L'enfant de Vénus, d'un coup d'aile,
A soulevé le voile et... dieux !... c'est Isabelle !
      Jugez de mon tendre embarras ;
      Plein d'ardeur, je lui tends les bras
Et, par un bel effort, je m'élance vers elle...
      Las !... plaignez-moi ; presqu'au même moment
      Tout se dissipe et je m'éveille
Meurtri, sur le parquet du simple appartement
      Où je m'étais couché la veille.

Adieu, temple de Cnide ; adieu, belle Vénus ;
Je cherche en vain des yeux votre cour immortelle.
A jamais loin de moi vous êtes disparus ;
Mais je crois voir encor l'image d'Isabelle.

A MM. les Membres de la Société des Sciences, Arts et Belles-Lettres du département du Var, séant à Toulon.

ÉPÎTRE.

O vous, dont les talents, par un accord magique,
Honorent dans le Var le sceptre académique ;
Vous qui, par les liens de la fraternité,
Des lettres et des arts doublez l'utilité ;
Vous enfin, dont parfois les accents de ma lyre
Ont provoqué l'aimable et bienveillant sourire,
Ecoutez-moi, laissez un instant suspendus
Les grands travaux, objets de vos soins assidus.

Loin des bords où mugit la Méditerranée,
Loin des murs de Toulon me tient la destinée,
Et la ville où pour vous je compose ces vers,
De l'Océan perfide entend les flots amers ;
De si loin jusqu'à vous pour que ma voix arrive,
Il faut prêter au moins une oreille attentive.
Heureux si mon épître, agréable à vos cœurs,
Ne laisse rien à mordre à la dent des censeurs,
Et si votre indulgence approuvant mon audace,
Dans votre souvenir me conserve une place !...
Plus heureux si mes chants par vous seuls inspirés
Sont écoutés par vous et par vous admirés !...

J'aime à me reporter à ces courtes soirées,
Où les muses par vous avec grâce parées,
A de profonds calculs, à de froids arguments,
Mariaient leurs transports pudiques et charmants ;
Où la philosophie était loin d'être austère
Et semblait emprunter un plus doux caractère ;
Où près d'un géomètre un astronome assis,
D'un habile agronome écoutait les avis ;
Où la peinture allait unie à la musique,
La science au talent, l'art à la mécanique :
Où les dons les plus beaux qu'aient reçus les humains
Semblaient se réunir et se donner les mains.

Je crois parfois encor, dans un rêve illusoire,

Chanter auprès de vous Jeanne d'Arc et la gloire ;
Ou plus souvent, de joie et de plaisir saisi,
Dans cet appartement que nous avions choisi,
Je vous vois sous mes yeux, pleins d'esprit et de vie :
L'un, en me rappelant les mœurs de Bolivie,
Me montre les palmiers, les murs de Cobija ;
L'autre, après m'avoir peint les maux d'Alicia,
Du siège de Toulon racontant les merveilles,
Par de nobles essais utilise ses veilles ;
Ici des vers patois, pleins de verve et de goût,
M'apprennent à chérir ma patrie avant tout,
Où la main qui créa l'utile macromètre
M'indique dans les cieux des secrets à connaître ;
Là, jeunes par leur âge et vieux par leurs talents,
Deux hommes dévoués, habiles et prudents,
Du pouvoir d'Esculape heureux dépositaires,
Rendent de leurs vertus les pauvres tributaires,
Répandent sans compter et ne vendent jamais
Ni la nuit, ni le jour, leurs soins et leurs bienfaits ;
D'autres fois j'applaudis au goût de trois confrères
Exhumant avec choix les anciens cartulaires,
Arrachant à l'oubli, sous la poudre des temps,
Et les beaux souvenirs et les vieux monuments
Qu'ont semé sur les bords si chers à votre enfance
Les siècles reculés de l'antique Provence.
D'autres vont m'enseigner les procédés nouveaux
Qui doivent seconder les rustiques travaux :
La vigne de Noé, l'olivier de Minerve,
Du profane au sacré font promener ma verve.
J'apprends pourquoi la grappe a besoin du soleil
Et rend sous le pressoir un nectar plus vermeil ;
Pourquoi la verte olive a des dangers à craindre
Quand l'impure *Morsée* un instant peut d'atteindre,
Et pourquoi le mûrier pleure annuellement
De ses premiers bourgeons le triste avortement.

C'est ainsi que, toujours présents à ma mémoire,
A vos essais nouveaux, à votre vieille gloire,
Je m'associe encore, et séparé de vous,
Mon cœur à ces pensers trouve un plaisir bien doux,
Mes regrets sont plus vrais ; le prisme de l'absence
D'un éclat plus brillant orne votre science,
Et c'est quand je ne puis en être le témoin,
Qu'à mes yeux vos travaux se montrent de si loin !...
Lorsqu'un destin cruel a fait couler nos larmes

Du bonheur qu'on n'a plus on connaît mieux les charmes
Le prisonnier, au sein de la captivité,
Sent mieux le prix du jour et de la liberté :
C'est aux climats lointains, c'est quand on vit loin d'elle,
Que la belle patrie est encore plus belle,
Et c'est depuis le jour où je vous ai quittés ,
Que j'ai le mieux compris vos nobles qualités.

Poursuivez dignement votre belle carrière ;
Prêchez la mission utile et nécessaire
Que vous avez reçue en recevant le jour.
L'homme se doit à l'homme au terrestre séjour :
Honte au cœur absorbé d'un égoïsme infâme,
Qui du feu du génie étouffe en lui la flamme !...
De l'aveugle nature irréparable erreur,
Un talent inutile est un don de malheur.
Au pays dont les lois ont protégé nos pères,
Aux humains que le ciel nous a donnés pour frères,
On doit de tout son être apporter le tribut,
Et de les éclairer se faire un noble but.
 Dans le vaste domaine où plane la science,
Dans les champs du génie et de l'intelligence,
On ne doit rien semer qui n'ait de beaux produits,
On ne doit rien planter qui ne porte des fruits.
Les talents sont un don brillant , mais éphémère,
Que lègue à ses enfants notre commune mère,
C'est un dépôt sacré... Plaignez l'homme assez bas
Qui l'emporte avec lui dans la nuit du trépas ;
Marchez vers le grand but que vous devez atteindre,
Et conservez toujours, sans le laisser éteindre,
Ce feu qui , parmi vous brûlant d'un pur éclat,
Echauffe sans douleur et brille sans dégât.

Moi , dont le nom obscur à vos gloires s'allie,
Moi , dont la jeune muse , à l'ombre ensevelie,
Peut-être dans l'oubli sans vous eût végété,
Je n'augmenterai point votre célébrité ;
Mais dans votre tableau ne serais-je qu'une ombre,
De quelques nullités grossirais-je le nombre,
Vous n'en seriez pas moins de vrais amis pour moi,
Et je regarderais comme une douce loi
Le devoir que toujours le réglement m'impose
De vous mander parfois ou mes vers ou ma prose.
Puissiez-vous , mes amis, dans ce premier envoi
 Trouver un essai digne et de vous et de moi !...

LA CROIX.

NOUVELLE.

I.

Léopold Capillet, jeune et beau capitaine de cavalerie, parti d'Alger avec un congé de convalescence de trois mois, venait d'arriver au milieu de sa famille, dans la jolie petite ville d'Orange. Il n'était bruit dans tous les cercles et dans tous les salons que de son avancement rapide, obtenu par des actions d'éclat dignes des beaux jours de l'empire. En effet, sorti avec un des premiers numéros de l'école de St.-Cyr, il se trouvait à vingt-deux ans capitaine et dans ce peu de temps avait conquis deux grades auxquels n'étaient pas encore parvenus les autres officiers de la même promotion que lui. A peine rétabli d'une blessure que le yatagan d'un Bédouin lui avait faite, il venait chercher dans son pays natal ces soins délicats, ces attentions prévenantes, ces émotions douces qu'on trouve toujours auprès d'une mère et dont on a tant besoin quand on souffre. Aussi ne tarda-t-il pas de revenir à la santé. Ses joues, qu'avait brunies le soleil d'Afrique, reprirent bientôt leur brillant incarnat et ses grands yeux brillèrent comme auparavant sous leurs sourcils noirs. Il ne lui restait, en un mot, de sa blessure et de la maladie qu'elle avait causée, qu'un peu de gêne dans les mouvements de la jambe droite; mais cette gêne ne lui messeyait pas et semblait au contraire prêter une grace nouvelle à toute sa personne.

Combien sont à plaindre ceux qui ne se sont jamais éloignés du foyer paternel, qui n'ont jamais connu les peines de l'absence et les joies du retour! A combien de sensations agréables leur âme est-elle restée fermée? Il faut avoir souffert pour sentir tout le prix du bonheur; il faut avoir langui dans les privations de la captivité pour apprécier mieux ensuite les avantages de la liberté. Ah! quand loin d'une mère qu'on aime bien, loin des compagnons des jeux de notre enfance, loin du pays où le destin nous a fait naître, on court après la gloire en affrontant une mort qui, toute brillante qu'elle est, emprunte quelque chose de lugubre et d'attristant en nous atteignant sur la terre étrangère; quand, séparé par la vaste mer de tout ce que l'on a de plus cher au monde, durant des nuits sans sommeil ou au milieu de jours sans gaîté, nous avons tourné d'inutiles regards vers cet horizon sans bornes au bout duquel nous cherchions vainement la patrie ; quand enfin nous avons été torturés par tous les chagrins que font naître l'éloignement, l'abandon et la nostalgie, est-il rien de plus doux au monde que de venir se reposer sur un sein ami dans le village où l'on a reçu le jour !

Léopold était d'autant mieux prédisposé à sentir tous les charmes de cette agréable transition que, doué d'un cœur aimant et fortement épris, il avait porté en Afrique, avec le souvenir de sa mère chérie, le souvenir presque aussi précieux de la seule femme qu'il eut aimée, et que, privé longtemps du bonheur de la voir et de l'entendre, il se retrouvait auprès d'elle tout d'un coup et comme par enchantement. Augustine, de son côté, l'aimait avec une ardente passion. On dirait que dans nos pays méridionaux l'amour doit au soleil de Provence les feux plus dévorants qu'il y fait sentir et qu'un sentiment, quel qu'il soit, ne peut y demeurer froid et modéré, comme sous les zônes du Nord. Nos deux amants avaient revu avec un ravissement toujours nouveau les lieux où, étant enfants, ils avaient promené leurs pas. L'arc triomphal attribué à Marius ainsi que les débris du Cirque avaient entendu derechef et leurs serments et leurs tendres propos. Leur affection avait acquis chez l'un et chez l'autre un tel degré d'énergie et de force qu'il leur fut impossible de reculer encore le moment qui devait les unir aux yeux du monde.

Leur mariage fut célébré avec une pompe, un luxe dont Orange gardera long-temps la mémoire, et jamais un couple mieux assorti ne reçut la bénédiction nuptiale sous les antiques ogives de la vieille cathédrale.

Le lendemain qui succéda à ce jour d'ivresse et de volupté fut, à son aurore, marqué par de tristes pressentiments. Augustine pleurait avec une douleur si vraie, si poignante, que Léopold en fut singulièrement ému. Il la pressa tendrement contre son cœur et la pria avec tant d'instances de se confier à lui, qu'elle consentit, à travers mille sanglots, à lui raconter le sujet de sa désespérante affliction.

Pendant cette première nuit des noces, durant ces moments de repos qui sont parfois aussi agréables, aussi doux que le travail même, Augustine voulut que Léopold lui promit de donner sa démission : ils étaient assez riches pour n'avoir pas besoin des appointements du capitaine pour vivre honorablement, et elle mourrait de chagrin si jamais elle demeurait long-temps séparée de son époux. Léopold ne voulut pas consentir à quitter la carrière des armes : il désirait y rester jusqu'au moment où il aurait obtenu une distinction qu'il am-

bitionnait plus que tout : c'était la croix. Cette détermination
contraria beaucoup la jeune mariée. Qu'avait-il besoin de la
croix? Tout le monde peut avoir la *croix*. Les épiciers et les
gardes nationaux l'obtiennent plus fréquemment que les hommes de guerre, etc., etc. Elle murmura long-temps contre
cette volonté de son mari, puis ses dernières observations
furent étouffées sous des baisers brûlants, et le plaisir présent
lui fit oublier les craintes futures. Mais le matin, quand la
fatigue de la volupté eut fait descendre le sommeil sur ses
yeux humides et lassés, un songe horrible, épouvantable,
vint s'appesantir sur elle et l'accabler de ses tristes horreurs.
Elle voyait sur un mont sourcilleux, un géant robuste et farouche, qui, un pied sur un palmier, l'autre sur un cactus,
semblait porter le ciel sur ses épaules velues. « Je suis le vieil
» Atlas, lui disait-il d'un ton terrible, malheur aux Européens
» que la soif des conquêtes entraîne dans ces lieux. Ils périront
» tous, tous, et celui à qui tu t'es donnée sera un des pre-
» miers à arroser de son sang cette terre qu'il veut insolem-
» ment fouler. Tremble, faible Augustine; tremble pour
» lui : il vient ici pour y gagner la *croix*; eh bien ! il réussira;
» oui, il obtiendra une *croix*; mais ce ne sera pas celle qu'il
» désire. Regarde. » Comme il achevait ces mots, la terre
s'entrouvrit et sur une tombe récemment fermée la pauvre
enfant vit s'élever une croix de bois sur laquelle on lisait :
Léopold Capillet, capitaine, mort au champ d'honneur.

Soudain elle s'éveilla en sursaut, d'abondantes larmes se
firent un passage sur son visage décoloré, et c'est en frémis-
sant d'épouvante et d'horreur qu'elle raconta cet effroyable
rêve à son ami. Il chercha inutilement à la rassurer : une im-
pression pénible et étouffante oppressait son âme troublée,
et une teinte de mélancolie assombrit long-temps ses traits si
réguliers et si beaux.

Un mois après, Léopold ayant appris que son escadron faisait partie d'un corps d'expédition dirigé contre Bougie, s'arracha des bras de son épouse éplorée et retourna en Afrique.

II.

Pauvre Augustine !... Combien de fois, après ce douloureux départ, ne frissonna-t-elle pas en se rappelant le songe
fatal qui avait attristé la première nuit de ses noces! Combien
de fois ne frémit-elle pas en pensant à cette *croix* sépulcrale
qui lui semblait plutôt un avertissement de la Providence

qu'un jeu du hasard et de l'imagination ! Comme ses prières étaient ferventes toutes les fois que l'image de Léopold venait s'interposer entre Dieu et elle ! Avec quelle ferveur ne demandait-elle pas au Ciel la prolongation d'une vie à laquelle la sienne était liée. Dans le département de Vaucluse, soit que comme dans tous les départements du Midi on n'y puisse rien faire modérément ou froidement, soit que les habitudes qu'y ont laissées la puissance papale et le comtat vénaissin y subsistent encore, les femmes sont adonnées à des usages pieux, à des observances religieuses qui y sont beaucoup plus suivies et beaucoup plus puissantes que dans d'autres contrées. Les prières, les neuvaines, les *ex-voto*, les jeûnes et une infinité d'autres pratiques semblables, sont journellement employés, et notre belle affligée ne cessait ne mettre son mari sous la protection divine et sortait toujours un peu moins triste qu'elle y était entrée du lieu saint où elle avait prié pour lui.

Cependant Bougie était à nous. Le général Trézel s'y était établi et en avait chassé les farouches Numides. Les journaux de Marseille et de Toulon avaient déjà donné les détails de cette petite conquête ; on savait que nous avions peu, bien peu de pertes à déplorer, et pourtant tous ceux qui comptaient un parent ou un ami dans cette partie de l'Afrique, ressentaient de l'inquiétude et attendaient avec impatience les bulletins officiels ou les lettres particulières. Augustine ne recevait pas de lettres du capitaine et souffrait des peines d'autant plus cruelles, qu'elle n'osait pas les confier à sa belle-mère, dont la douleur ne pouvait se comparer qu'à la sienne.

Enfin le facteur se présente ; une missive de Léopold était dans ses mains. Je ne veux pas vous peindre le sentiment qu'elles éprouvèrent toutes les deux en la voyant : la crainte qui les dominait d'apprendre une mauvaise nouvelle et leur irrésolution pénible avant d'en briser le cachet. Quoiqu'il en soit, elles apprirent bientôt avec une affliction profonde que Léopold avait été blessé d'une balle au bras, mais qu'il n'y avait rien de dangereux, qu'il comptait être guéri dans quelques jours. Il terminait sa lettre en disant : « Cette nouvelle blessure va me faire enfin obtenir cette décoration que j'envie ; on vient de la demander pour moi et je compte la voir briller bientôt sur ma poitrine. Je m'estimerais bien heureux si le jour où mon colonel me la remettra devant les troupes assemblées, si au moment où la musique, les tambours et les fanfares me salueront comme un brave qui reçoit une récompense méritée, je m'estimerais heureux si les regards et ceux de ma mère étaient tournés vers moi et si je lisais sur votre

front que l'une et l'autre vous trouvez quelque orgueil à
m'appeler des noms si doux et d'époux et de fils. Viens donc,
viens ma belle amie, ta présence fera mon bonheur et ma
joie, et puis aussitôt que j'aurai obtenu ma croix, je donne-
rai ma démission et ne consacrerai plus qu'à toi des jours que
j'ai si souvent exposés pour la patrie..., etc., etc. »

Quelques jours après, deux femmes, l'une avancée en âge,
l'autre dans tout l'éclat de la jeunesse, tremblantes et crain-
tives, empruntant le peu de courage qu'elles avaient à l'exal-
tation de leur amour, montaient dans le bateau à vapeur le
Crocodile, affrontaient la mer et ses orages, s'arrêtaient quelques heures à Alger et puis se rembarquaient pour Bougie
où de nouveaux chagrins devaient encore les accabler.

Augustine et Mme Capillet avaient éprouvé un long et conti-
nuel malaise pendant toute la traversée. Elles avaient été en-
tourées de soins et d'égards par tous les chefs du bord, et
avaient appris, par expérience, que messieurs les officiers de
marine étaient beaucoup plus prévenants, beaucoup plus po-
lis qu'ils n'en ont la réputation dans certaines provinces. Une
pâleur qui était autant le résultat du mal de mer que des
inquiétudes qui les dévoraient, régnait encore sur tous leurs
traits quand enfin ces dames parvinrent dans cette rade de
Bougie, dont le mouillage est le plus sûr peut-être de tous
ceux que nous avons sur ces côtes fertiles en naufrages. La
vigie du haut du *Gouraga* avait annoncé à la ville l'arrivée d'un
bâtiment français, et une quantité considérable de colons et
de militaires se pressaient sur le rivage et autour du débarca-
dère, pour avoir plus tôt des nouvelles de France.

Un jeune aspirant offrit à ces dames de les accompagner
jusques à l'habitation du capitaine, et toutes deux se persua-
dant de le trouver sur la rive, se livraient sans réserve à l'expansion d'une joie douce qu'aucun triste pressentiment ne
troublait encore. Mais quand elles eurent touché la terre,
quand leurs regards inquiets eurent vainement cherché à l'entour la présence attendue d'un fils et d'un époux, leurs traits
se contractèrent, une vague mais poignante inquiétude serra
leur cœur et elles n'osèrent se communiquer l'une à l'autre la
terrible crainte qui les assiégeait en ce moment. Tout-à-coup le
bruit funèbre d'un tambour couvert d'un crêpe vint augmenter encore leurs angoisses ; puis elles virent un détachement
de troupes qui, le fusil renversé sous l'épaule, accompagnait
un cercueil que beaucoup d'officiers de toutes armes entou-
raient, tristes et rêveurs. Oh ! alors, Augustine ne put contenir davantage et ses sanglots et son désespoir ; rapide, elle
se précipita au-devant de cette lugubre escorte et allait se

jeter moùrante sur cette bière qui (elle le devinait trop bien!) renfermait ce qu'elle aimait le plus au monde. Un sous-officier qui était chargé de la simple *croix* de bois qu'on allait placer sur la tombe, voulut l'empêcher d'avancer davantage ; mais la vue de cette *croix* fatale, l'inscription qu'elle se rappelait avoir lue en songe, achevèrent de lui ravir ses forces déjà bien affaiblies. Elle tomba sans mouvement, sans vie, et le lendemain... on creusa deux nouvelles fosses à côté de celle où reposait déjà le brave et malheureux capitaine...

Logogriphe.

Par le jeûne et par l'abstinence
Un bon chrétien doit me servir,
Que de gens pour qui je commence
Et qui jamais ne me verront finir !.....
De mes six pieds si vous changez la place
Vous me verrez devenir tour-à-tour :
L'un des religieux dont la force et l'audace
Effarouchaient jadis le chaste et pur amour ;
Ce que vous n'aimez point de trouver dans la tasse
Où le moka bouillonne à flots dorés et doux :
L'arme dont autrefois le prince du Parnasse
Perçait les ennemis de sa gloire jaloux ;
Vous y trouvez aussi celle que sur la terre
On aime plus encor que sa mie et sa sœur,
Celle que j'ai pleurée d'une douleur amère
Et que rien ne saurait remplacer dans mon cœur.

LA·RANÇON DE FATIMÉ.

Mon amie?... Il faut me la rendre ;
Mes yeux ont besoin de la voir
Et mes oreilles de l'entendre.
Je meurs si tu me fais attendre ;
Rends-la vite à mon désespoir.

Pour que cette nuit dans ma tente
Son cœur batte contre le mien,
Je t'offre une rançon brillante
Et pour posséder mon amante
Je t'abandonne tout mon bien :

Cet yatagan, sur mon âme,
Doux au faible, terrible au fort,
N'effraya jamais une femme ;
Tu pourras compter sur sa lame
Le nombre de ses coups de mort.

Le poignard qu'inventa Baïonne
Ne rend pas mon mousquet pesant ;
Mais chassé du tube qui tonne
Dans le but que mon œil lui donne
Le plomb pénètre au même instant.

Mon coursier, dont les pieds rapides
Ont foulé les sables mouvants,
Comme son maître est intrépide
Et toujours, quand ma main le guide,
Vole plus léger que les vents.

Mon bernous dans un jour auguste
Fut un présent qu'à ma valeur
Offrit un guerrier noble et juste,
Il protégeait mon corps robuste
Contre le froid et la chaleur.

Coursier, bernous, mousquet et glaive,
Prends tout et rends-moi Fatimé.
Ces biens que le destin m'enlève,
Je les oublirai comme un rêve,
Heureux d'aimer et d'être aimé !

Mon amie?... Il faut me la rendre :
Mes yeux ont besoin de la voir
Et mes oreilles de l'entendre.
Je meurs si tu me fais attendre ;
Rends-la vite à mon désespoir,

Logogriphe.

En me décomposant on trouve dans mon sein :
Le tendre sentiment qui réunit les âmes ;
Le métal précieux et pourtant assassin
      Qui plaît aux hommes comme aux femmes ;
La note qui commence et qui finit les gammes ;
L'animal dévorant que Rominagrobis
      Poursuit toujours dans nos logis ;
      On me voit encore paraître
      Sur la table des vrais gourmands,
   Ou dans le nord des châteaux de romans
      Vous saurez me placer peut-être.
   Sur mes sept pieds on me voit à la fois
      Objet de guerre, instrument de toilette,
A l'aiguille soumis, battu par la baguette,
Résonner ou briller sous de bien jolis doigts.

LA HAINE DU BARDE.

BOUTADE.

Genus irritabile. Hor.

Le tigre et le lion que le fer du chasseur
Fait bondir de colère et rugir de douleur,
Sont terribles..... Plaignez le mortel qui les blesse ;
Mais plus à craindre encore est le barde irrité :
Malheur, honte et malheur à l'homme détesté
Qui ne redoute point sa muse vengeresse
Et qui marche, orgueilleux de l'avoir insulté !!!
Pour lui ne s'ouvre point le temple de mémoire ;
    Son nom, d'âge en âge flétri,
N'est jamais effacé du honteux pilori
Qui venge le talent dont il nia la gloire ;
Les siècles, en passant, le couvrent tour-à-tour
    De nouvelles ignominies
Et la postérité le livre sans retour
    A d'éternelles gémonies....

    L'aigle s'élève jusqu'aux cieux :
    On admire sa noble audace ;
    Mais de son vol prodigieux
    On cherche vainement la trace ;
    Et ce navire grâcieux
    Qui fend les flots capricieux,
    Ne laisse point à leur surface,
    De son passage qui s'efface,
    Le moindre vestige à nos yeux.

    Le tendre chant de Philomèle
    Est charmant, est mélodieux ;
    Mais il meurt toujours avec elle.
Ah !... tel n'est point le sort du poète ici bas :
Pour l'immortalité Dieu créa son génie,
    Par les ténèbres du trépas
    Sa splendeur n'est jamais ternie,
    Et de l'empreinte de ses pas

La poussière des temps respecte l'harmonie.
Ce qu'il lie une fois est pour toujours lié :
Trois mille ans ont passé sur le front de Thersite, (1)
Et depuis trois mille ans Thersite humilié
A vu sa lâcheté de plus en plus maudite ;
Sous l'iambe mordant d'Archiloque en fureur,
Lycambe vainement se débat... il succombe,
Et la honte avec lui descendit dans sa tombe,
Et les siècles n'ont pu lui donner un vengeur.
La fortune, le rang, l'éclat et la puissance
Ne peuvent détourner les satiriques coups.
Le langage des dieux est nôtre... la vengeance
Est un plaisir pour eux, est un plaisir pour nous.

----

(1) Chénier a dit avant moi et mieux que moi :

« Trois mille ans ont passé sur la cendre d'Homère,
» Et depuis trois mille ans Homère respecté
» Est jeune encor de gloire et d'immortalité. »

FIDÉLIA.

NOUVELLE.

> Pourquoi rompre leur mariage,
> Méchants parents?...
> Ils auraient fait si bon ménage
> A tous moments.
> Que sert d'avoir bague et dentelle
> Pour se parer ?
> Ah ! la richesse la plus belle
> Est de s'aimer.
> MONCRIF (*Poésies fugitives, IV*).

I.

Dans un pays dont ma muse discrète
A mes lecteurs saura cacher le nom,
Vivait naguère une gente fillette
A l'âme tendre, au cœur sensible et bon,
Fidélia ; d'une flamme secrète
Elle brûlait pour le jeune Léon.

Elle touchait à ce bienheureux âge
Où de l'amour les rêves séduisants
Charment l'esprit à-la-fois et les sens ;
Où l'on n'entend que son brillant langage ;
Où l'on est sourd aux calculs impuissants
De l'intérêt à qui tout rend hommage,
Tout.... excepté les sincères amants.
— Ils ont raison : pour entrer en ménage
Le dieu Plutus, l'or et les diamants
Du vrai bonheur sont de tristes garants ;
Conformité de goûts, d'humeur et d'âge,
Vaut beaucoup mieux ; les nœuds du mariage
En sont plus doux, plus chers, plus énivrants. —

Elle était belle, et pourtant je vous jure
Que je ne puis vous donner son portrait ;
Je n'ai jamais de sa noble figure
Eu le bonheur d'admirer un seul trait.
J'ignore même, ici je le confesse,
De ses cheveux quelle était la couleur,

Et de son teint quelle était la finesse,
Et de ses yeux quelle était la douceur.
Je ne connais de ma chaste héroïne
Que son amour, son nom et ses malheurs.
— Votre surprise est grande, j'imagine,
A cet aveu que je vous fais, lecteurs,
Et néanmoins, je me plais à le croire,
Ce que je sais de sa pénible histoire
Pourra bientôt faire couler vos pleurs.
Quoiqu'il en soit, sachez qu'elle était belle,
— On l'est toujours quand on n'a que vingt ans. —
Aussi Léon ne l'aimait que pour elle.

Il est parfois des amours que le temps
Ne peut jamais effacer d'un coup d'aile ;
Ils ne sont point amollis au printemps ;
L'hiver leur donne une force nouvelle,
Et, sans faiblir, ils bravent les tourments
Que fait connaître une absence cruelle ;
Rien ne saurait un jour les étouffer :
Ils vont grandir au milieu des obstacles,
Et dans les cœurs, fidèles tabernacles
Qu'un feu divin doit alors échauffer,
Jusqu'à la mort on les voit triompher.

Le sentiment dont le puissant délire
Unit Léon avec Fidélia,
Etait ainsi.... — Jamais, j'ose le dire,
Le dieu malin aussi bien ne lia
Deux cœurs voués à l'amoureux martyre. —

Ils se plaisaient toujours à s'entourer
De ces égards que la tendresse inspire ;
Elle pleurait s'il venait à pleurer,
Et lui riait quand elle voulait rire ;
Tout leur besoin était de s'adorer,
Tout leur bonheur était de se le dire ;
Vingt fois par jour leur fraîche et douce voix
Faisait ouïr ce *je t'aime* si tendre,
Vingt fois par jour, ils paraissaient l'entendre
Avec plaisir pour la première fois.....

Que j'aimerais sur ces belles images
A m'arrêter avec vous, cher lecteur,
Laissant au loin filer ces gros nuages

Qui dans leurs flancs apportent les orages
Et font trembler nos amants de terreur !
Un accident les menace et m'étonne.
J'ai dit leur joie, écoutez leur douleur ;
Quand on n'est pas maître de sa personne,
On ne doit point disposer de son cœur.

II.

Dans cette mer qu'on appelle la vie,
L'argent toujours du bonheur est l'écueil
Vil compagnon de la coupable envie,
Il est partout le père de l'orgueil.
Des sentiments que donne la nature
Il fait pourrir le germe dans nos cœurs.
Quand il produit le meurtre et le parjure,
Son influence a des charmes vainqueurs
Qui du scrupule endorment le murmure ;
Mais ne sont rien pour les remords rongeurs.

Fidélia grandissait près d'un père
Qui n'adorait d'autre dieu que l'argent,
Et ne trouvait d'autre bonheur sur terre
Que le bonheur de marcher opulent.
Pour devenir le mari de sa fille,
Point ne voulait qu'on fût tendre ou galant,
Qu'on eût la mine agréable ou gentille
Et que de plaire on connût le talent.
Non, pour entrer dans sa riche famille
Il ne fallait rien que beaucoup d'argent.

Pauvre Léon !... il n'en possédait guère....
Aussi fut-il brusquement éconduit
Quand on connut la tendresse sincère
Dont il brûlait et le jour et la nuit.
Fidélia, dans sa douleur amère,
Versa des pleurs en cachette et sans bruit
Et puis son cœur au désespoir réduit
Vint s'épancher sur le sein de sa mère.
— Sa mère !... heureux qui possède sa mère,
Qui peut la voir, l'entendre et lui parler !
Nul ne sait sur cette basse terre
Mieux qu'elle, hélas ! chérir et consoler.
Moi, j'ai pleuré sur la mienne naguère

Et je ne puis y penser en ce jour
Sans entourer sa tombe solitaire
Des longs regrets qu'un filial amour
Nourrit en moi jusqu'à l'heure dernière,
Où je pourrai la rejoindre à mon tour. —
Fidélia sut bientôt, par ses larmes,
Faire pencher sa mère en sa faveur ;
Elle comprit, partagea ses alarmes,
Et lui promit son appui protecteur.
Ce fut en vain : son époux inflexible
N'écouta point ses discours superflus :
Sourd à ses vœux, à ses pleurs insensible,
Il persista dans son cruel refus.

De désespoir, Fidélia mourante
Ne put changer cet arrêt de malheur,
De jour en jour plus pâle et plus souffrante,
D'un mal affreux l'activité poignante
Vint la jeter sur un lit de douleur.
Par le chagrin et par l'âge affaiblie,
Sa mère, hélas ! sentit également
D'une cruelle et lente maladie
Naître en son cœur le germe et le tourment,
Et près du lit, où sa fille chérie
Se débattait contre un mal dévorant,
Elle ordonna d'une voix attendrie
Qu'on établit le sien au même instant.

Léon quitta le lieu de sa naissance.
Las de la vie, il marcha vers Paris,
Croyant trouver dans cette ville immense
L'oubli des maux et des sombres soucis.
Mais vainement loin de celle qu'il aime,
Il va chercher un calme qui le fuit :
Rendu plus fort par le désespoir même
Son amour pur, le jour comme la nuit,
Dans tous les lieux, dans tous les temps, le suit,
Et remplit seul son âme et sa pensée.
Telle une biche, au sein d'un bois blessée,
Cherche en fuyant un terme à sa douleur ;
Loin des regards du trop adroit chasseur
A quoi lui sert de fuir avec vitesse ?...
Rien ne guérit son mal et sa tristesse,
Puisqu'avec elle est le trait acéré
Qui pend encore à son flanc déchiré.

.Tous ces malheurs, fruits de sa barbarie,
Du père, hélas ! n'ouvrirent point les yeux.
De vils projets à chaque instant nourrie,
Son âme fut, dans ces jours odieux,
Par l'intérêt constamment endormie :
D'un autre gendre il calculait la dot,
Et puis venait, dans sa triste famille,
Nommer un homme opulent, vieux et sot,
Pour le mari qu'il donnait à sa fille.
Elle toujours répondait doucement
Par des refus à ces offres cruelles
Et puis pleurait… Quand on souffre en aimant,
Les larmes sont un vrai soulagement
Pour des douleurs qui parfois sont mortelles,
Et qui du cœur font toujours le tourment.

III.

Léon traînait sa pénible existence
Dans ce Paris, si beau pour l'homme heureux,
Sans que l'éclair d'une seule espérance
Vînt sillonner son horizon brumeux.
Il ne trouvait, dans son humeur morose,
Sur le chemin qui conduit au tombeau
Que des chardons et jamais une rose…
Pour lui la vie était un lourd fardeau.

Morne et pensif, un soir près de la Seine
Il promenait… Son cœur désenchanté
Ne pouvait plus résister à sa peine
Et d'une mort terrible mais soudaine
Le choix par lui semblait être arrêté,
Quand tout-à-coup une rumeur lointaine
Fait retentir le cri de : *Liberté !*…
Il se retourne, il voit le peuple en foule
Qui, proclamant son respect pour les lois,
Se précipite impatient et roule
Vers le palais habité par nos rois,
Aux défenseurs d'une cause si sainte,
Léon alors va promptement s'unir :
Dans les dangers hardiment et sans crainte
Avec transport on le voit accourir,
Et, du vieux Louvre en franchissant l'enceinte,
Sans que sa voix fît entendre une plainte,

Il rendit l'âme et le dernier soupir;
Le plomb d'un Suisse au service de France
Avait mis fin à son malheureux sort.

Dans les beaux lieux qui virent sa naissance
On sut bientôt le genre de sa mort.
Les compagnons des jeux de son enfance,
La ville enfin apprit avec douleur
Le triste prix qu'avait eu sa vaillance.
Fidélia, seule dans l'ignorance,
De ce nouveau, de ce dernier malheur,
Ne pouvait pas soupçonner l'existence.
Ses jours étaient dans un trop grand péril
Pour qu'on osât le dire en sa présence;
Son père, ô dieux!... n'eut pas tant de prudence.
« Fidélia, mon enfant, lui dit-il,
» De ton bonheur je m'occupe sans cesse;
» Si tu pouvais recouvrer la santé,
» Tu connaîtrais jusqu'où va ma tendresse
» Quand il s'agit de ta félicité.
» Les riches nœuds d'un brillant hyménée,
» Le noble éclat d'une illustre union...
— « Je suis, mon père, à jamais enchaînée,
» Et je ne veux d'autre époux que Léon. »
— « Mais, reprit-il, si cet amant, ma fille,
» Ne pouvait plus être jamais à toi,
» Si, trahissant ses serments et sa foi,
» Il s'alliait dans une autre famille,
» Ou si la mort, d'un coup de sa faucille,
» Le soumettait à sa barbare loi,
» Ne crois-tu pas!... » Une horrible lumière
Eblouissant alors Fidélia,
Frappa ses yeux au point que sa paupière
Avec douleur soudain se replia,
Et sous le coup d'une souffrance amère
Son pauvre cœur au même instant ploya.
De tous ses sens elle perdit l'usage;
On la croyait à l'instant décisif
Où nous partons pour l'éternel voyage...
Dans ce moment un repentir tardif
Frappait déjà le père au cœur sauvage.

Mais tout-à-coup elle rouvrit les yeux;
Son front pâli par sa longue misère
Brilla soudain d'un éclat radieux;

Une fraîcheur charmante et printannière
D'un carmin doux vint colorer son teint :
Ainsi le soir, la lampe qui s'éteint
Brille un instant d'une vive lumière....
  « Ah ! par pitié.... dites-moi s'il est mort?....
  — On répondit par un morne silence. —
  » C'en est donc fait... maintenant à son sort
  » Je puis m'unir... et mon bonheur commence...
  » Je vais trouver dans un monde meilleur
  » Moins de chagrins, de maux qu'en cette terre.
  » Dieu, des humains indulgent et bon père,
  » Ecoutera les besoins de mon cœur.
  » Pour célébrer mon hymen sous la fosse
  » Préparez-moi, dans ce jour triomphal,
  » Un linceuil blanc pour ma robe de noce,
  » Un cercueil noir pour mon lit nuptial...
  » Et vous, mon père, adieu...je vous pardonne... »

  Elle se tut.... sur toute sa personne
La mort jetait un air de majesté
Qui sur son front rempli de dignité
Resplendissait autant qu'une couronne.
Et puis, sans mal, sans effort et sans bruit
Elle s'éteint comme un feu qu'on néglige ;
Comme une rose enlevée à sa tige,
Ou comme un sou qui frappe l'air et fuit.
Elle s'éteint... mais son âme souffrante
Prête à partir de son dernier essor,
Se reposait sur sa bouche mourante
Qui lentement faisait entendre encor :

  « Pour célébrer mon hymen sous la fosse,
  » Préparez-moi dans ce jour triomphal
  » Un linceul blanc pour ma robe de noce,
  » Un cercueil noir pour mon lit nuptial. »

CHANT GUERRIER.

Malheur à l'homme qui pâlit
Devant l'éclat du cimeterre :
La terreur fait trembler son lit
Et rien n'est à lui sur la terre !...

Vois ce timide laboureur :
Depuis vingt ans sur ce rivage,
Il consume ses jours dans un triste labeur
Et de ses bons aïeux fait valoir l'héritage.
Un pirate survient qui, le glaçant d'effroi,
Lui dit : « Loin de ces lieux, manant, retire-toi,
    « Je viens m'établir sur ces rives,
    « Et je regarde comme à moi
« L'arbre que tu plantas, le champ que tu cultives. »

Malheur à l'homme qui pâlit
Devant l'éclat du cimeterre :
La terreur fait trembler son lit
Et rien n'est à lui sur la terre !...

D'une enchanteresse beauté
Qui voudra prendre la défense ?
Et contre la brutalité
Qui protégéra l'innocence ?
Est-ce toi, mortel sans vigueur,
Qui frémis au seul bruit des armes ?
Est-ce toi dont le faible cœur
N'a jamais des combats pu braver les alarmes ?...
De tes bras caressants s'il me plaît d'arracher
    Ton épouse éperdue,
Oseras-tu m'en empêcher ?
Pourras-tu soutenir ma vue ?...

Malheur à l'homme qui pâlit
Devant l'éclat du cimeterre :
La terreur fait trembler son lit
Et rien n'est à lui sur la terre !...

9

Cléante (ainsi que moi) de la jeune Clari
Briguait depuis long-temps un retour de tendresse ;
Nous jouissions tous deux d'une égale jeunesse
Et Plutus nous avait également souri.
Un jour, dans la forêt, auprès de notre amante,
Nous recherchions l'honneur de captiver son choix,
Quand un lion parut.... soudain je vis Cléante
    S'enfoncer, tremblant, dans les bois.
Moi, je soutins d'un bras la vierge épouvantée
Et, de l'autre agitant le glaive des héros,
Fis rouler à mes pieds la tête ensanglantée
    Du roi des animaux.
Clari de vingt baisers m'enivra sans relâche,
Vingt fois elle jura d'être toujours à moi,
    Et dit à Cléante : « Pour toi,
    » Apprends que je méprise un lâche. »

    Malheur à l'homme qui pâlit
    Devant l'éclat du cimeterre :
    La terreur fait trembler son lit
    Et rien n'est à lui sur la terre !...

La vertu rarement fait entendre sa voix
    Dans une âme pusillanime :
La lâcheté souvent est la mère du crime ;
De l'égoïsme seul elle connaît les lois.

    Honte éternelle aux cœurs sans énergie
Qui ne s'animent point au signal des dangers
    Et qui sont toujours étrangers
    Aux intérêts de la patrie !!!!

Malheur, trois fois malheur à l'homme qui pâlit
    Devant l'éclat du cimeterre :
    La terreur fait trembler son lit
    Et rien n'est à lui sur la terre !...

BAUDOUIN BRAS-DE-FER,

OU

LE PREMIER COMTE DE FLANDRE.

NOUVELLE.

> Ab anno quo comitatum Flandrensem
> hœreditarium obtinuit, nemo normanorum
> ejus regionem ausus sit infestare.
> (OLIVARIUS VREDIUS.)

I.

C'était le soir d'une belle journée du mois de mai 862. Au milieu des plaines et collines de sable où depuis s'élevèrent les murs de Dunkerque, non loin de la grande église que saint Eloi y fit bâtir deux cents ans auparavant, quelques pêcheurs réunis auprès de leur abbé écoutaient respectueusement les instructions qu'il leur donnait. Tout-à-coup une tempête effroyable vint interrompre leur attention et jeter parmi eux le trouble et l'inquiétude. Le murmure des flots se mêlait au bruissement des vents ; des nuages épais de sable s'élevant en tourbillons dans les airs menaçaient de frapper de stérilité les campagnes qu'ils cultivaient ou d'ensevelir à jamais les cabanes qu'ils habitaient. Leur anxiété était extrême.

Quand le premier moment de stupeur fut passé, le prêtre fit agenouiller son auditoire et appela sur la contrée la miséricorde divine. Il leur dit ensuite :

« Enfants des Diabintes, vous n'ignorez pas que la religion nous ordonne de prier aussi pour les autres, et dans ces jours de calamités, dans ces grands bouleversements de la nature, il est des matelots au milieu des mers, des voyageurs au milieu des champs qui ont besoin de la protection de Dieu pour échapper peut-être à une mort terrible. Invoquons pour eux les bénédictions célestes, et puis, ajouta-t-il avec un ton presque solennel, n'oublions pas dans nos prières le héros qui fut notre bienfaiteur, notre appui, et qui tant de fois exposa sa vie non-seulement pour éloigner de nous les horreurs de la guerre étrangère, mais encore pour nous défendre contre les nombreux voleurs qui infestent les marais de Mont-Cassel et de Bergues-Saint-Winoc; Beaudouin Bras-de-Fer, persécuté par le roi de France, excommunié par le grand pontife de Rome, erre sans doute maintenant sur des plages inhospitalières, exposé aux injures du temps et à l'ingratitude des hommes. Prions pour lui, prions pour lui, mes frères ! »

Ces dernières prières furent récitées avec un recueillement pieux et qui n'avait rien d'affecté; car Beaudouin était aimé de ces braves gens et n'avait laissé parmi eux que les souvenirs de son intrépidité, de sa bienfaisance et de sa justice, lorsque grand forestier de Flandre, il avait gouverné ces contrées où à peine commençaient à poindre les lueurs de la civilisation.

Dans cet intervalle, l'ouragan avait cessé de mugir, et quand ces hommes bons et simples eurent essuyé la poussière de leurs genoux, ils entourèrent de plus près leur abbé et l'engagèrent à leur apprendre ce qui était advenu au seigneur Baudouin pour lui attirer la colère du roi et les malédictions du pape.

« Mes amis, leur répondit-il, il se fait tard; la clepsydre marquera bientôt l'heure à laquelle vous devez chercher le sommeil; mais n'importe ! je serai bref, et j'aurai encore le temps de vous dire rapidement la triste nouvelle que vous désirez apprendre. Vous saurez donc que le roi Charles le Chauve, satisfait des bons services que Baudouin lui avait rendus, émerveillé surtout de cette réputation de bravoure si justement acquise dans vingt rencontres, l'avait appelé à sa cour, où, du reste il avait été élevé, et le retenait près de lui en attendant qu'il pût employer utilement son courage et son expérience contre ces pirates du nord, qui viennent depuis quelques années dévaster notre belle France, et qui naguère encore ont saccagé Thérouanne. Mais Baudouin s'éprit d'amour pour la fille du roi, pour la belle Judith, qui l'aima aussi, et voyant l'un et l'autre l'impossibilité d'obtenir le consentement des royaux parents de la princesse, ils se sont évadés ensemble d'un commun accord et vivent conjugalement, espérant qu'il plaise à Dieu d'attendrir le cœur du roi Charles. Malheureusement jusqu'à ce jour il s'est montré inflexible; il fait poursuivre partout le ravisseur de son enfant. C'est lui qui a obtenu des évêques cette terrible excommunication qui réunit les deux amants sous le poids du même anathème. Fugitif aujourd'hui, déguisé peut-être pour mieux échapper à ses ennemis, Baudouin traîne je ne sais où une existence pénible et agitée. ... Plaignez-le, mais ne soyez point ingrats envers lui si jamais vous pouvez lui être utiles: son crime n'est pas assez grand pour que Dieu ne puisse le lui pardonner et pour que les hommes soient plus sévères que Dieu. »

Il avait à peine terminé ces mots, qu'on frappa deux légers

coups à la porte d'entrée et qu'une voix suppliante demandá
l'hospitalité.

C'était un jeune homme qui, sous les habits grossiers du
pêcheur, cachait un corps aussi élégant que robuste, et une
belle paysanne qui, à travers la laine et la bure qui la cou-
vraient, laissait entrevoir une peau fine et délicate que les
travaux des champs et les feux du soleil ne paraissaient pas
avoir beaucoup hâlée. On les accueillit avec empressement, on
leur prodigua les soins dont ils avaient tant de besoin ; de nouvelles mottes de terre bitumineuse vinrent enflammer le foyer,
et une eau limpide et tiède leur fut présentée. Ils bassinèrent
leurs yeux gonflés par les larmes que la douleur avait fait couler et meurtris par les grains de sable que l'orage avait soule-
vés. On leur offrit ensuite quelques gouttes d'hydromel, et ce
breuvage parut leur être agréable.

L'inconnu semblait oublier ses souffrances pour ne penser
qu'à celles de sa compagne. Attentif à tous ses mouvements,
épiant un sourire de ses lèvres, un regard de ses yeux, il
oubliait qu'il était entouré d'un certain nombre de personnes
qui s'empressaient autour d'elle et de lui et auxquelles il n'a-
vait pas encore adressé un seul mot de remerciement. Ce fut
sa belle amie qui, aussitôt qu'elle eut repris tout-à-fait ses
esprits, aussitôt qu'elle put articuler quelques mots, fit entendre au bon prêtre et aux pêcheurs les expressions de sa
reconnaissance.

Sa voix était si douce, ses accents si purs, la grâce de ses
manières contrastait si étrangement avec la grossièreté de ses
vêtements, que grande fut la surprise de tous ces hommes qui
la voyaient pour la première fois et qui la vénéraient déjà sans
la connaître. Aussi, quoique l'heure fût déjà très-avancée,
aucun d'eux ne manifestait l'intention de se retirer, et une
curiosité de plus en plus croissante paraissait les retenir auprès
des deux étrangers. Pourtant, sur un signe de leur abbé, ils
partirent enfin, non sans faire mille et une conjectures sur
l'apparition inattendue de ces personnages aussi mystérieux
qu'intéressants.

L'abbé de Saint-Pierre, après leur avoir laissé tout ce dont
ils avaient besoin pour passer plus commodément la nuit, s'é-
loigna de ses hôtes, pénétré de cette espèce de vénération que
le malheur fait sentir intuitivement aux âmes nobles.

Le lendemain, l'abbé apprit qu'il avait donné l'hospitalité
à deux illustres fugitifs. En effet, l'un était le fils d'Enguelrand-
Audoacre (1), ce même Baudouin dont il avait parlé la veille,

---

(1) Plusieurs chroniqueurs, et entre autres ceux qui ont

et l'autre était la petite-fille de Charlemagne, la fille du roi de France, la veuve de deux rois d'Angleterre, Judith enfin qui n'avait pas craint d'encourir la colère de son auguste père en se donnant à celui qu'elle aimait. Mariée deux fois contre son inclination, la jeune et belle princesse voulut cette fois-ci avoir un époux selon son cœur, et, du consentement de son frère Louis, qui de son côté s'était aussi marié secrètement et à l'insu de Charles, elle partit de Senlis avec Baudouin et vint en Flandre, dont il était alors le grand forestier.

La colère du roi de France, à la nouvelle de cet enlèvement, fut extrêmement violente. Son fils aîné, qui lui succéda depuis sous le nom de Louis-le-Bègue, reconnu complice de l'évasion de sa sœur, fut dépouillé de l'abbaye de Saint-Martin de Tours qui lui avait été concédée, et se voyant tombé dans une entière disgrâce, se réfugia auprès du roi Salomon dans l'Aquitaine, où il prit les armes contre son père, et fut vaincu dans deux combats par ce Robert-le-Fort qui, bisaïeul de Hugues-Capet, devait être la tige de la famille des Bourbons. Ce n'était point encore assez pour satisfaire la vengeance d'un père irrité et puissant; les évêques et les *leudes*, réunis dans un *plaid*, furent appelés à prononcer contre le ravisseur d'une fille de France. Ceux-ci, disposés à applaudir tout ce qui pouvait les élever eux-mêmes jusqu'à la majesté royale ou faire descendre la majesté royale jusqu'à eux, ne voulaient point se montrer sévères contre Baudouin, et, tout en blâmant sa conduite, cherchaient à faire valoir les services qu'il avait rendus et ceux qu'il pouvait rendre encore dans les diverses luttes qu'on avait soutenues et qu'on s'attendait à avoir de nouveau contre les barbares du Nord ou les Sarrasins du Midi. Les évêques, au contraire, toujours empressés de placer leur autorité au-dessus de celle des grands, toujours prêts à étendre leur domination, forts en outre de l'approbation du prince, lancèrent contre les deux coupables les foudres alors terribles de l'excommunication, et appelèrent sur eux, non-seulement la colère divine, mais encore, ce qui était plus à craindre

---

écrit l'*Histoire des comtes de Flandre* (édition de La Haye, 1731), nomment un Audoacre comme prédécesseur ou père de Baudouin. C'est une erreur qu'il importe de détruire. Audoacre n'était qu'un surnom, ainsi que le prouve le passage suivant : *Haud a Wacher* quod nobis significat : *vigilem te tene.* Undé natum Odoacer vel Audoacer, Inghelrami seu Balduini agnomen ; nataque fabula de Odoacro seu Audoacro Inghelrami filio, Balduini patre. — (*Historia comitum Flandriœ.* — Auctore Olivario Vredio, Brugensi.)

dans ces temps d'ignorance, l'indignation des âmes simples et pieuses.

Baudouin qui s'était d'abord réfugié dans le château de Bruges avec son amante, se voyant abandonné peu-à-peu de tous les siens, qui craignaient en le servant ou en le défendant d'encourir aussi la damnation éternelle, se cacha, en attendant des temps meilleurs, dans une ferme fortifiée du pays des Audomarrois. Mais là également, il n'était plus en sûreté, et pour ne pas tomber entre les mains des envoyés du roi (*missi Dominici*), il fut obligé de s'évader au milieu de la nuit, évitant les sentiers battus et se dirigeant de nouveau vers Bruges où quelques amis dévoués étaient prêts à se sacrifier pour lui, et faute de mieux, à lui fournir les moyens d'aller solliciter auprès de l'*Apostoile* (1), une absolution qui devait aplanir tous les obstacles qu'on élevait entre lui et Judith. C'est durant ce pénible trajet de Saint-Omer à Bruges, qu'il fut, un soir, contraint de venir s'abriter chez le respectable abbé qui desservait, dans les dunes, l'église consacrée à Saint-Pierre et due à la piété de Saint-Éloi.

Après s'être reposé deux jours dans ce modeste presbytère, impatient de ne recevoir aucune dépêche de ses amis de Bruges, Baudouin se décida à partir. Pour le mettre à couvert de tout danger, et pour qu'il pût entrer dans la ville sans risquer d'être reconnu, l'abbé désigna dix pâtres ou pêcheurs pour l'accompagner. Ceux-ci, chargés de poissons ou conduisant des bestiaux, auraient eu l'air de se rendre au marché de Bruges, pour y échanger leurs denrées contre d'autres ; car, à cette époque, la rareté de l'argent monnoyé était si grande que c'était par échange que les marchandises étaient vendues (2).

Cette petite caravane était sur le point de se mettre en marche, quand soudain on vit arriver dans le lointain deux cavaliers bardés de fer, qui venaient de toute la vitesse de leurs destriers. Baudouin reconnut Lidéric et Skelbecq, deux de ses plus braves et plus dévoués compagnons d'armes.

Il apprit d'eux que la médiation de ses amis auprès du roi n'avait pas eu un résultat satisfaisant ; qu'il était déjà rem-

---

(1) Apostoile (d'Apostolus, apôtre). C'était le nom qu'on donnait alors au Saint-Père.

(2) « On donnait, par exemple, deux poules pour une oie, deux oies pour un cochon, trois agneaux pour un veau et trois veaux pour une vache. »

(*Histoire des comtes de Flandre.*—La Haye, 1731 ; page 21.)

placé dans le gouvernement de la Flandre ; que, pour le moment, il n'avait rien à espérer en France ; que, par les soins de ses *fidèles*, un navire était à sa disposition non loin d'ici, et qu'il pouvait aujourd'hui même partir pour Rome. Lidéric ajouta : « Partez, seigneur, il vous sera facile de mettre le Saint-Père dans vos intérêts ; il sera indulgent envers un héros qui a si bravement défendu la chrétienté contre les sectateurs d'Odin et contre les fanatiques de Mahomet, et, en sollicitant le consentement du roi Charles, il croira avec raison ne demander pour vous qu'une récompense noblement méritée. Partez donc : il y a soixante-deux ans que Charlemagne (1), après avoir visité des contrées, se rendit également à Rome : il y allait chercher la couronne impériale ; vous y trouverez, vous, la fin de vos infortunes et le commencement de votre prospérité. »

Baudouin fut promptement convaincu de la nécessité de faire ce pélerinage. Judith s'y montra bientôt préparée ; et le même jour ils firent leurs adieux au bon prêtre et aux pêcheurs en se recommandant à leurs prières, et en les assurant que, si jamais ils redevenaient puissants, ils leur prouveraient leur gratitude pour l'accueil qu'ils avaient reçu d'eux dans un moment où tant d'autres les abandonnaient.

Le navire qui devait les porter sur les côtes de l'Italie appareilla aussitôt que les illustres passagers furent arrivés à son bord, et, favorisé par un vent arrière, mit à la voile quelques heures après.

II.

A peine fut-il arrivé dans la capitale du monde chrétien, que Baudouin adressa à l'*Apostoilé* Nicolas I, une lettre aussi respectueuse qu'attendrissante où, après avoir convenablement exposé les causes et le but de son voyage, il sollicitait la faveur d'une audience secrète. Le grand forestier de Flandre arrivait dans la ville sainte précédé d'une éclatante et honorable réputation : sa bravoure dans les combats, sa prudence dans les conseils, son équité dans l'administration, l'avaient fait connaître avantageusement : mais ce qui, surtout, aux yeux du Saint-Père et du sacré

---

(1) Id tamen certum, anno Christi 860, aut circiter, paulo ante quam Carolus Romæ coronatus esset Imperator, per maritimam Franciam eum profectum esse, Flandramque universam visitasse, etc., etc. (*Historia comitum Flandriæ.*)

collége , lui méritait l'admiration la plus grande , c'était
les nombreuses victoires qu'il avait remportées ou assurées
contre les ennemis de la religion et notamment contre les
Maures qui gouvernaient l'Espagne , et contre les barbares
que vomissait la Norwège. Sa faute envers le roi de France
était énorme , il est vrai ; mais encore ne le paraissait-elle
pas assez pour qu'on pût oublier les services rendus. Et puis,
si pour échapper aux persécutions qu'on fomentait contre
lui , Baudouin allait prêter le secours de son bras aux infi-
dèles , ne deviendrait-il pas un ennemi éminemment dangereux ? Sa longue expérience des choses de la guerre , sa
connaissance approfondie des hommes et des localités , et
principalement son intrépidité , si connue et si entraînante ,
ne deviendraient-elles pas des instruments de destruction au
préjudice d'une cause qu'elles pourraient si bien défendre ,
et que déjà elles avaient su tant de fois protéger ? Toutes
ces considérations et bien d'autres encore exercèrent une
utile influence en sa faveur dans l'esprit du pape qui , avant
même d'avoir vu l'amant de Judith , était prédisposé à
employer son crédit et son autorité pour le faire rentrer
dans les bonnes grâces de Charles-le-Chauve.

Un des évêques les plus influents de la cour de Rome ,
Rodoald , fut chargé de présenter Baudouin au saint pontife ; il le reçut avec une cordiale affection dans la basilique
même de Saint-Pierre , et lui octroya béatement sa bénédiction. Se courbant ensuite devant l'autel de Dieu , il invoqua
pour lui les lumières du Saint-Esprit , la charité du fils et
la toute-puissance du père. Puis , sur l'invitation qui lui en
fut adressée , Baudouin s'exprima ainsi :

« Votre âme , à vous , mon père , n'a jamais été troublée par les orages du cœur : dédaignant le joug des affec-
tions terrestres , errant continuellement dans les régions
supérieures où la conduisent l'intelligence et la foi , elle est
au-dessus des faiblesses humaines et n'a jamais cédé à l'irrésistible influence d'un sentiment aussi impérieux que tendre , aussi exclusif qu'enivrant. Le calme heureux dont vous
jouissez , la charmante quiétude dans laquelle vous devez
vous complaire , cette ignorance où vous êtes enfin des
tourments que l'amour fait naître, je ne vous les envie
point ; car dans les peines qu'il enfante , dans les déchi-
rements qu'il occasionne , l'amour cache toujours une consolation secrète et délirante qui nous dédommage amplement des maux que nous endurons , et je ne voudrais pas
pour tout au monde qu'il ne me fût pas advenu des cala-

mités et des persécutions ; plus elles ont été cruelles et poi-
gnantes , plus elles m'ont fait apprécier la grandeur d'âme
et la tendresse de celle que j'aime. Au milieu des souffrances les plus amères s'élève quelque chose de doux , un je ne
sais quoi de suave et de consolant qui fait oublier promptement le malheur d'être persécuté pour ne faire songer qu'au
bonheur d'être aimé. Il existe un charme indéfinissable et
attachant dans cette communauté de biens et de maux qui
s'établit entre deux personnes qui se chérissent. Quelle félicité plus grande que de partager ses joies ou ses douleurs
avec une épouse de son choix ; de lier sa bonne ou mauvaise
destinée à la sienne , et de ne vivre en un mot qu'avec elle ,
pour elle et par elle ! Ah ! mon père , pensez-vous que le
Ciel puisse réprouver un attachement qu'il a inspiré lui-
même et qu'il ne nous a pas donné le pouvoir de refuser ?....

« Vous le savez , attaché dès mes plus jeunes ans au service du roi , j'ai grandi dans sa cour, auprès de cette
Judith qui , un peu moins avancée en âge que moi , fut la
compagne des jeux de mon enfance. Elle apprit à m'aimer
avant que de comprendre la distance qui nous séparait l'un
de l'autre. Cette affection si vraie , si pure, qui ne faisait
qu'une âme de nos deux âmes, et qui se plaisait à appuyer
l'existence de l'un sur celle de l'autre s'augmenta avec le
temps, et elle était parvenue à un degré d'énergie qui ne
pouvait plus augmenter encore, lorsque la volonté royale
donna Judith pour épouse au roi des anglo-saxons *Ethelvulfe*.
Le désespoir me fit sentir alors tout ce qu'il a de plus déchi-
rant, de plus douloureux. La vie me devint à charge du moment qu'il ne me fut plus permis de la consacrer à mon amie.
Mais pour la quitter, je ne voulais point employer un des
moyens que défend la religion sainte. J'affrontai plus hardiment que jamais le danger des batailles, je fus au devant
d'une mort qui semblait me fuir, et dans peu de temps les
Normands et les Sarrasins apprirent à me redouter. Des exploits nombreux dont le véhicule était inconnu à mes envieux,
me méritèrent des honneurs et des récompenses; tout semblait me sourire , tout semblait conspirer à ma félicité et à
ma gloire , et pourtant j'étais malheureux, oh! bien malheureux: le souvenir de Judith me poursuivait en tous lieux, et
les regrets que m'avait donnés sa perte s'augmentaient chaque
jour davantage. Tout-à-coup, au milieu du vain éclat de
mes triomphes, au milieu des sombres nuages qui envelop-
paient mes pensées, une lueur d'espoir vint briller rapidement
à mes yeux : Ethelvulfe était mort... Inutile et désespérante
illusion ! Judith, mon amie, ma seule amie, fut encore obli-

gée de s'unir à un autre époux, et de se replacer avec lui sur le trône d'Angleterre.

« Ce nouveau coup du sort m'accabla et détruisit en moi tout germe d'espérance. Le Ciel pourtant eut encore pitié de moi. Ce nouvel époux, Ethelbold, suivit bientôt le premier dans la tombe (1) et la fille de France revint s'asseoir au foyer paternel. Ne dirait-on pas, mon père, que la volonté de Dieu s'est manifestée en ma faveur, et pourrait-on regarder comme un caprice du sort ces deux morts successives qui frappent les maris qu'on avait imposés à Judith, et qui enfin la rendent à ses premières amours?... »

Il lui dit ensuite comment il l'avait retrouvée aussi tendre, aussi aimante qu'auparavant, et comment, avec le consentement du prince Louis, il s'était décidé à partir de Senlis avec la princesse. Il dépeignit la colère du roi à cette nouvelle; raconta les persécutions qu'on avait suscitées contre lui et les dangers qu'il avait courus, et arrivant à cette terrible excommunication qu'on avait jetée sur elle et sur lui, il termina en priant le Saint-Père de vouloir bien les absoudre et les protéger contre leurs ennemis.

Nicolas fut vivement attendri par le récit qu'il lui fit et promit de s'occuper dès le jour même des moyens d'assurer à Baudouin une réconciliation durable et sincère de la part du roi. Plein de bienveillance et de bon vouloir, il quitta l'illustre pèlerin afin de s'employer incontinent pour lui. Il écrivit à Hermintrude, épouse de Charles, pour l'inviter à intercéder auprès de son époux en faveur de sa fille et de son ami ; il s'adressa aussi aux évêques du diocèse de Senlis et à Hincmar, ce célèbre archevêque que naguère M. Guizot a comparé à Bossuet ; puis il fit la lettre suivante au roi lui-même :

« Nicolas, évêque, serviteur des serviteurs de Dieu, au grand et glorieux roi Charles :

« L'église sainte a été rachetée par le sang précieux et sacré du Christ, notre Dieu ; elle a été bâtie par sa parole sainte sur la pierre solide de la vraie foi ; sa tendre sollicitude s'étend sur tous indistinctement, non-seulement sur les pécheurs

---

(1) Judith, Caroli regis filia, Edilvulfo regi Anglorum, qui et Edelboldus, dudum fuerat in matrimonium copulata, et reginæ decore, ac benedictione insignita : post cujus obitum venditis, quas in Anglorum obtinuerat regno, possessionibus, ad patrem revertitur ; sed illa Balduinum comitem, ipso lenocinante et fratre suo Ludovico consentiente, secuta est, etc.

(*Flodoardus.*)

qu'elle a régénérés par l'eau et l'esprit, mais encore sur ceux qui n'ont pas encore obtenu les faveurs du baptême et qu'elle se fait un plaisir de recevoir dans son giron salutaire. Il résulte du principe même de son institution, que tous ceux qui viennent se réfugier auprès d'elle comme sur le sein d'une mère chérie, et qui s'humilient en reconnaissant qu'ils sont tombés dans une faute quelconque, lui procurent l'accomplissement d'un devoir et méritent d'être absous par la grâce spirituelle qui, selon les rites, pardonne toujours au repentir. Cette sainte église romaine que nous desservons, par la volonté de Dieu, à cause de la souveraineté de son privilége, a la suprématie sur toutes les autres églises répandues dans l'univers entier, et peut accorder aux cœurs suppliants et contrits qui la demandent, la rémission des fautes commises dans quelque partie du monde que ce soit; par un mérite insigne attaché à sa charité, elle accorde libéralement son équitable pardon à tous ceux qui le sollicitent remplis d'une foi vive et sincère.

» Pénétré de ces grandes vérités et afin de s'éclairer des lumières ineffablement bienheureuses de Pierre et Paul, princes des saints apôtres, Baudouin, votre vassal, s'est empressé de venir se réfugier auprès de notre pontificat; il nous a avoué lui-même qu'il avait encouru votre indignation, parce que, sans votre consentement, il avait choisi pour épouse votre fille Judith qui l'aime plus que tout autre et qui s'est volontairement donnée à lui. Il a mérité, par ses supplications nombreuses, que nous intervenions en sa faveur et que nous fassions un appel à votre grandeur d'âme. Vivement émus, moins par ses fréquentes prières que par un profond sentiment de miséricorde, au nom des chefs de notre apostolat, les légats ici présents, Rodoald et Jean, très-révérends et très-saints évêques que nous aimons de prédilection, nous supplions votre excellence royale (*vestram regalem excellentiam*), afin que pour l'amour de Jésus-Christ notre Seigneur et des bienheureux apôtres Pierre et Paul, dans l'assistance desquels Baudouin lui-même espère *beaucoup plus que dans celle des rois de la terre*, et aussi à cause de l'attachement si grand et si vrai que vous nous connaissez certainement pour vous, il vous plaise lui pardonner (on sait que pareille chose est arrivée déjà à d'autres rois), lui rendre entièrement vos bonnes grâces, et le laisser demeurer comme auparavant au milieu de vos *fidèles*. Certes, en vous demandant ce pardon magnanime, nous ne sommes pas mus seulement par le sentiment de ce devoir pieux qui nous prescrit de prêter le miséricordieux secours du siége apostolique à tous ceux qui le réclament avec humilité et contrition ; nous sommes encore dominés par la crainte que les effets de votre colère et de votre indignation ne portent Baudouin à s'allier avec les Normands impis ou avec d'autres ennemis de notre sainte église, résolution funeste qui exposerait à de grands périls un peuple, pour le bonheur et l'intégrité duquel vous devez employer votre sollicitude et toute votre prudence, et qui ferait naître de nouveaux ferments de scandale capables d'attrister et de dépeupler l'assemblée des fidèles.

« Puissiez-vous être touché jusqu'au fond de l'âme par l'image de ce danger, dont je souhaite que vous n'ayez jamais à déplorer l'horreur ! Que la main de l'Éternel vous protège et vous garde sain et sauf de toute espèce d'adversités (1).

» Le 9 des kalendes de décembre. — Indiction XI. »

Un légat partit alors pour France porteur de ces divers messages. Baudouin, déchargé du poids de l'excommunication, reçu, fêté et entouré d'honneurs par la cour de Rome, attendit impatiemment le résultat de l'influence du saint-siége, et puisa mille consolations contre de mesquines tracasseries dans l'angélique et inaltérable douceur de Judith.

III.

Le cœur d'un père est un foyer de tendresse et d'indulgence qui ne peut jamais se refroidir entièrement : celui du bon roi Charles était tout préparé à oublier la faute de Judith, quand les lettres du saint-siége, les prières de la reine, et, plus que tout cela, la tendresse qu'il avait pour elle, lui arrachèrent ces paroles de pardon qu'il avait eu tant de peine à ne pas prononcer plus tôt. L'archevêque de Reims, le respectable Hincmar, fut chargé de répondre à l'*Apostoile*, et la reine elle-même s'empressa de mander à sa fille la nouvelle de ce pardon tant désiré, et qui avait été acheté par tant de traverses et d'inquiétudes. Le roi non-seulement consentait au mariage de sa fille avec Baudouin, mais encore il accordait à Baudouin, 1° pour la dot de sa fille, tout le pays compris entre l'Escaut, la Somme et l'Océan, à charge par lui de le défendre contre les descentes des Normands ; 2° pour récompense de ses services, les titres héréditaires de pair de France et de comte de Flandre.

---

(1) J'ai traduit avec une scrupuleuse exactitude la lettre même du pape Nicolas. Elle se trouve dans Sirmondus, — tome III. — *Conc. Galliæ.* — Fol. 195.

Les fêtes auxquelles ce mariage donna lieu furent célébrées dans Auxerre avec une somptuosité et une magnificence qui remplirent d'admiration et d'étonnement tous les chroniqueurs de l'époque.

Le prince Louis, participant à l'indulgence paternelle, profita de cette circonstance pour faire reconnaître et légitimer un mariage clandestin qu'il avait contracté.

Quant à Baudouin et à Judith, au comble de leurs vœux, ils se retirèrent de nouveau à Bruges ; mais, avant de s'y rendre, ils voulurent s'arrêter dans cette partie des dunes où Dunkerque commençait à s'élever, répandirent leurs bienfaits sur tous les pêcheurs qui les avaient si bien accueillis, et principalement sur ce bon abbé qui leur avait témoigné un attachement si vrai, si désintéressé.

C'est en reconnaissance de l'hospitalité qu'il avait reçue près de l'église de St.-Eloi, que Baudouin fit commencer le premier mur d'enceinte de Dunkerque, travail important qui ne fut terminé que sous son petit-fils, Baudouin III.

Quoi qu'il en soit, la sollicitude du comte ne se borna point au berceau de Dunkerque : il fit élever des remparts autour des villes de Bruges, Bourbourg, Gravelines, Bergues, etc., et pendant les dix-sept ans qu'il défendit les côtes maritimes de la Flandre, les Normands, qu'il en avait une fois honteusement chassés, n'osèrent plus y venir apporter la désolation et le pillage.

BIGARRURES.

POÈME DITHYRAMBIQUE.

> La poésie, c'est le cœur.
> BYRON.

I.

Au désordre de mon esprit
Mes chants vont essayer d'emprunter quelques charmes;
Le caprice les dicte et ma main les écrit.
Qu'ils soient tour-à-tour forts comme le bruit des armes,
Brillants comme le jour, sombres comme la nuit,
Doux comme mon amour, noirs comme mes alarmes;
Qu'ils bondissent de joie ou frémissent d'horreur,
N'importe; mais du moins que, reflets véridiques,
Ils montrent en tout temps les peintures magiques
Que la pensée imprime, en passant, dans mon cœur.

Pour qu'un fécond délire en mon être s'allume
Tout est prêt, je le sens... — Le soufre et le bitume
Que répand le Vésuve en torrents enflammés,
Dans ses flancs caverneux long-temps sont renfermés;
Il ne les reçoit pas au moment où la terre
Tressaille au bruit soudain du mugissant cratère;
Tels, au fond de mon cœur, d'un inerte sommeil
Dorment les mots heureux, les pensers pleins de flamme,
Pour qu'un éclat divin signale leur réveil
Il faut qu'un instant sur mon âme
De l'inspiration brille le beau soleil... —

II.

Quand, sur les ailes du génie
Planant dans le vague des cieux,
J'allais écouter l'harmonie
Des astres au front radieux;

Quand, épris d'une noble gloire,
Je donnais mes soins empressés
Pour ôter du front de l'histoire
La poussière des temps passés ;

Quand, de sa puissance féconde
Subissant la magique loi,
Ma pensée enfantait un monde
Dont elle me nommait le roi ;

Quand les fils de ma rêverie
Dans mon cerveau brûlant formés,
Couraient au chemin de la vie,
Sans que, Dieu les eût, animés ;

Quand, douce comme l'ambroisie,
Ou bien rude comme le fiel,
La lave de ma poésie
De mon sein montait vers le Ciel,

Alors, des envieux la colère impunie
Par des coassements saluait mes transports
Et tournait contre moi, dans ses honteux efforts,
    Les armes de la calomnie.
Malheur, malheur sur eux !... Pour venger ses affronts,
Le poëte, au besoin, lance des traits de flammes,
Les mortels qu'il flétrit sont pour toujours infâmes,
Et nul ne grave mieux la honte sur les fronts
    Et le repentir dans les âmes...
Le fripon qui s'empare en secret de mon or
Ne peut me dérober qu'un futile trésor,
Et si pour lui ce vol est un lucre coupable,
Cette perte pour moi n'est point irréparable :
Mais l'homme qui, semant un discours mensonger,
Goûte le plaisir vil d'avoir pu m'outrager,
Me fait un mal affreux, m'enlève un bien suprême
Et m'appauvrit, hélas ! sans s'enrichir lui-même.

III.

Que me reprochez-vous, détracteurs insolents ?
De ne payer jamais l'impôt de mes hommages,
A vos fausses vertus, à vos faibles talents ?...

Vos tableaux m'ont semblé de méchantes images
Et vos portraits ne sont ni beaux, ni ressemblants ;
Les airs que vous aimez, pour capter mes suffrages,
Devraient être à-la-fois plus tendres et moins lents ;
Enfin, ces vains *pathos*, ces pâles assemblages
De mots harmonieux, vaporeux et brûlants
Que vous seuls admirez en mille et une pages,
A mes yeux sont toujours mauvais et somnolents.

Vous affichez en vain la superbe arrogance
D'un talent plein d'audace et de témérité :
     Le regard de l'expérience
     Découvre dans cette fierté
     Le cachet de la suffisance
     Et de la médiocrité.
     Le mérite sait toujours être
     Modeste, indulgent, grâcieux,
     Et s'il n'éblouit point les yeux,
     A notre âme il se fait connaître.
     C'est le lot des faibles esprits
     D'affecter un air petit-maître,
     Le vrai grand homme, mes amis,
     Ne cherche point à le paraître :
Ainsi quand un arbuste inodore et commun
Lève dans nos bosquets une orgueilleuse tête,
Belle de sa couleur, riche de son parfum,
     Se cache l'humble violette.

IV.

     Quand j'affronte votre courroux,
De mon discernement volontaire victime
     Oserez-vous me faire un crime
     De ne pas y voir comme vous ?...
Me suis-je assis au banquet de la vie
Pour y trouver tous les mets de mon goût ?
Du haut des cieux celui qui m'y convie,
En me plaçant à l'un ou l'autre bout,
Ne vous a point consulté, je parie...
     Pour moi, je sais qu'il ne m'a point appris
Parmi les conviés à discerner un maître.
     Or, en ces lieux je n'en dois pas connaître,

Nul ici n'a le droit d'imposer son avis,
Ma pensée est à moi, je suis libre et veux l'être.
Je repousse le joug et l'esprit de vos lois...
Eh! pourquoi mon voisin prend-il un air capable?...
Pourquoi tant écarter ses coudes sur la table?...
   Pourquoi vouloir dicter mon choix?

  Oh! je n'étais pas né pour connaître la haine.
Ma plume, dans le fiel ne devait point tremper.
Se venger est un tort, haïr est une gêne,
  Et je ne voudrais m'occuper
Qu'à célébrer des cœurs la douce souveraine,
La beauté, devant qui l'indépendance humaine,
  Sans honte peut toujours ramper.

V.

La nature en tous lieux est prompte à reproduire
Et dans son sein fécond rien ne peut se détruire :
A ce qui meurt succède un vivant rejeton
Et la vie à la mort se tient par un chaînon.
Dieu, pour éterniser à jamais son ouvrage,
Fait triompher partout une loi douce et sage,
Et, parmi les plaisirs dont on peut s'enivrer,
Le plus beau, le plus grand est celui d'engendrer.
Ce plaisir règne au ciel, sur la terre et dans l'onde.
Jetant sur sa femelle une poudre féconde,
Le palmier dont les vents embrâsent la vigueur
Se balance et frémit d'amour et de bonheur ;
La colombe palpite aux caresses brûlantes
De l'amant qui la presse en ses ailes tremblantes,
Et l'homme, heureux vainqueur d'une jeune beauté,
Au moment qu'il frissonne et meurt de volupté,
Sent bondir dans son cœur la divine étincelle
Que, depuis sa naissance, en son corps il recèle...
  Oui, l'amour donne le bonheur.
  A tout il sait prêter des charmes :
  Quoi de plus doux que sa langueur,
  De plus charmant que ses alarmes,
  De plus tendre que sa rigueur,
  De plus enivrant que ses larmes?

VI.

Je n'aime pas encore et j'ai besoin d'aimer :
Je frémis de plaisir quand je vois une femme,
Nuit et jour dans le vague où s'égare mon âme,
D'un malaise inconnu je me sens consumer,
L'amitié qui naguère enchantait ma jeunesse,
Ou se tait, ou n'a plus aucun pouvoir sur moi.
Vers un être idéal que je rêve sans cesse
Je me laisse entraîner sans deviner pourquoi.
L'imagination embellit ma chimère,
Elle vient lui donner ce qui toujours sait plaire.
L'amour n'a formé rien de plus beau que ses yeux,
Le Ciel n'a pas créé de si doux caractère,
Tout en elle est divin... Le jais du mont Lozère
N'est jamais aussi noir que ses luisants cheveux.
Mon regard maintes fois sous la gaze légère
Se plaît à mesurer les contours ravissants
D'un sein fait pour jeter le trouble dans les sens.
Je crois souvent la voir me parler, me sourire :
L'esprit et la raison dictent ses jugements,
Et l'art, pour assurer sa grâce et son empire,
A ceux de la nature unit ses agréments.
La harpe sous ses doigts divinement soupire :
La toile prend un corps sous ses crayons puissants ;
Elle parle des dieux le sublime langage,
Des siècles reculés pénètre les secrets.
Et réunit enfin le brillant assemblage
Des plus rares talents et des plus beaux attraits...
Toi, qu'invoque en ce jour mon aveugle délire,
Toi, qui dois partager mon amoureuse ardeur,
Viens, oh ! viens ajouter une corde à ma lyre,
    Une fibre à mon cœur...

VII.

Sous l'aile de l'amour tant que l'âme sommeille,
Elle rêve des jours filés de soie et d'or ;
Mais si la trahison tout-à-coup la réveille,
A la joie, au bonheur peut-elle croire encor ?...
Combien faut-il de temps pour qu'un baiser de flamme
Sèche comme une fleur sur des lèvres de femme,

Ou pour que d'un soupir le doux et chaste bruit
Passe comme un éclair qui rayonne et s'enfuit?
Hélas! qu'il doit souffrir le mortel misérable
Que de ses froids dédains l'indifférence accable!...
Aimer sans être aimé... c'est mourir mille fois,
Des plus grandes douleurs c'est ressentir le poids.
Tantale ne pouvant de ses lèvres avides
Presser l'eau qui les mouille et qui les rend arides;
Sysiphe avec effort roulant son lourd rocher
Vers le sommet fatal qu'il ne peut approcher;
Régulus, recevant sur des yeux sans paupière
Du soleil africain la brûlante lumière,
N'éprouvèrent jamais un supplice aussi grand...
D'un amour méprisé supporter seul les chaînes!
Chérir avec fureur un cœur indifférent!
Souffrir sans espérer une fin pour vos peines!
Aimer sans être aimé!... N'est-ce pas un tourment
Qui condense à-la-fois et fige horriblement
La moëlle dans les os et le sang dans les veines?...

VIII.

Grands Dieux! repoussez loin de moi
Ces pâles et sombres images
Qui font de l'amoureuse loi
Le plus triste des esclavages.
Arrière, sentiment trompeur!
Ton berceau n'est pas sans splendeur,
Mais ta tombe me semble noire.
Le myrthe le cède au laurier;
Je ne veux, poète et guerrier,
D'autre maîtresse que la gloire.

IX.

Que la lyre du troubadour
Et le glaive de l'homme d'armes
Viennent m'éblouir tour-à-tour
De leur éclat et de leurs charmes!
Puissent mes vers et mes exploits
Forcer la déesse aux cent voix
A proclamer au loin ma gloire!
Et que, pour mon dernier bonheur,
Je meure sur le champ d'honneur
A la fin d'un jour de victoire!!!

Logogriphe..

En transplantant ou séparant pour cause
De mes huit pieds l'ordre primordial,
Je puis subir mainte métamorphose
Que l'on pourra comprendre bien ou mal :
Sur deux, je suis un des tons de la gamme,
Un arbre toujours vert, un terme de dégoût.
    Sur trois, on me trouve partout,
Meuble utile au mortel que le sommeil réclame.
Ici, vous me verrez dans le chanvre et le lin ;
Là, d'un tube de mort élégante monture,
Je sers le cavalier comme le fantassin :
Ailleurs, bel ornement de toute architecture,
Sous un lourd chapiteau je me grandis en vain : =
D'autres fois, plus modeste, en une cave obscure
    Je vieillis autant que le vin.
    Sur cinq, je suis un objet bien à craindre
    Pour les poissons et les oiseaux :
    Dans les champs comme sous les eaux,
    Aisément je peux les atteindre.
    Vous tenez mon tout dans la main,
Et vous aurez beaucoup de peine à le connaître,
    Et sans me deviner peut-être
    Vous allez me tourner en vain.

A ***.

« ...... Dans une cinquantaine d'années, quand
je serai septuagénaire, je lirai encore ces vers
qui...... .. »

***

Un suffrage de femme est plus doux à mon cœur
Que tous les vains succès dont j'ai cherché la gloire ;
Le vôtre m'a rempli d'orgueil et de bonheur.
Si vous avez voulu, par un charme trompeur,
M'enivrer un instant d'un plaisir illusoire,
Ne me détrompez pas, laissez-moi mon erreur ;
Je suis fier de vous lire et content de vous croire.

Je ne connais de vous que l'adorable écrit
    Dont mon âme est enorgueillie ;
Mais, si votre beauté ressemble à votre esprit,
    Vous devez être bien jolie....
N'importe....Sur le voile épais, mystérieux
Dont vous vous entourez pour échapper aux yeux,
Je ne porterai point une main indiscrette ;
    Ma muse vous respectera :
    Mais peut être un jour, violette,
    Votre parfum vous trahira.

COUPLETS.

Airs: *Liberté sainte, après trente ans d'absence;*
ou *Du bon Vieillard de Béranger.*

Il fut un temps où l'âme du poète,
Foyer brûlant de science et d'amour,
Dans l'avenir lisait comme un prophète
Et proclamait les oracles du jour.
Ce temps renait ; car le dieu qui m'inspire
Se fait sentir à mon esprit charmé,
Et je suis fier ici de vous prédire
Tout le bonheur d'Adolphe et de Zulmé.

Rions d'avance au sort que leur destine
L'heureux espoir que notre âme conçoit :
Roses d'hymen sont toujours sans épine
Lorsque l'amour les donne et les reçoit.
Ah ! laissons-les, dans un tendre délire,
Au doux plaisir d'aimer et d'être aimé...
Moi, je suis fier ici de vous prédire
Tout le bonheur d'Adolphe et de Zulmé.

Jamais lassés du nœud qui les rassemble,
Jamais épris d'un autre sentiment,
Ils chériront et garderont ensemble
La sainte foi de leur premier serment.
La douce paix que tout mortel désire
Habitera leur séjour embaumé...
Ah ! je suis fier ici de vous prédire
Tout le bonheur d'Adolphe et de Zulmé.

En quelque lieu que le destin le jette,
Tant que son cœur avec force battra,
Le faible auteur de cette chansonnette
Sincèrement toujours les aimera.
Et quand, plus tard, le temps viendra souscrire
Au beau présage en ces vers exprimé,
Il sera fier d'avoir pu vous prédire
Tout le bonheur d'Adolphe et de Zulmé.

TABLE.

	Pages.
La Résurrection d'Ambroise, conte	1
Antonia, nouvelle	5
Jeanne d'Arc à Orléans, dithyrambe	16
Logographe (*)	23
Rupert de Lindsay, nouvelle	25
Amour	37
Aux mânes de ma mère, élégie	39
Le Songe	42
A MM. les membres de la Société des Sciences, Arts et Belles-Lettres du département du Var, séant à Toulon, épître	45
La Croix, nouvelle	48
Logographe (**)	53
La Rançon de Fatimé	54
Logographe (***)	55
La Haine du Barde, boutade	56
Fidélia, nouvelle	58
Chant guerrier	65
Baudouin Bras-de-Fer, nouvelle	67
Bigarrures, poème dithyrambique	79
Logographe (****)	85
*A ***.*	86
Couplets	87

(*) TRACASSERIE, où l'on trouve *sa* et *se*, *ré* et *si*, *as*, *si*, *arc*, *tir*, *sac*, *rat*, *air*, *Sara*, *scie*, *sire*, *cire*, *aire*, *case*, *sacre*, *Isaac*, *carie*, *serre*, *carte*, *tracas*, *secret*.

(**) GARÉME, où l'on trouve: *carme*, *marc*, *arc*, *mère*.

(***) TAMBOUR, où l'on trouve: *amour*, *or*, *ut*, *rat*, *rot*, *tour*.

(****) FEUILLET, où l'on trouve: *ut*, *if*, *fi*, *fil*, *fut* (de canon), *fût* (de colonne), *fût* (de tonneau) et *filet*.

9 782329 366678